야한

일러두기
• 소설에 나오는 인명(人名)은 외래어 표기법에 따라 표기하지 않고,
번역자의 의도를 살려 실제 발음되는 원음에 가깝게 표기하였다. (예) 사토코→사또꼬

야 夜
회 会

아카가와 지로─모세종─신인영 옮김

어문학사

차례

1. 영광

그날 전 일본이 열광했다. 조금 과장되었을지는 몰라도 그렇게 표현해도 틀렸다고는 할 수 없을 정도로 사실에 가까웠다.

〈세계수영선수권대회〉의 TV 시청률은 날이 갈수록 떨어지고 있었다. 무리도 아니다. 개최 전에는 '금메달에 가장 가깝다!' '나빠도 메달은 확실하다'고 신문과 주간지에서 떠들어대던 유력 선수가 예선에서 계속 탈락하는 것을 시청자들이 언제까지고 보고 있을 리는 없었다. 준결승에서 이미 일본 선수가 한 명도 없다는 것도 이상하지 않다. 특히 남자 선수들의 성적은 눈을 가리고 싶을 뿐이었다.

대회 중반에 이미 스포츠신문에서는 '책임 문제로 발전'이라는 기사마저 나왔을 정도이다.

여자 경기는 일정이 조금 늦었는데 그 역시 '유력'한 메달 후

보는 일찍이 예선 탈락한 상태였다. 다만 전체적으로는 남자보다 결과가 나아 그나마 이미지를 좋게 하고 있었다……

그날 '여자 100미터 자유형' 중계는 시차 관계도 있어 사실은 한밤중에 시작할 예정이었다. 그것이 갑자기 일본 시각으로 밤 8시라는 가장 좋은 시간으로 변경되었다. 나중에 방송국의 공작이냐며 시끄러웠지만 실은 현지에서 트러블이 생겨 다른 종목이 뒤로 바뀐 탓이었다.

갑자기 생중계로 나온 '여자 100미터 자유형'의 화면에 당황한 사람이 적지 않았다.

사와이 사또꼬의 집에서도 부모와 언니 하쯔꼬는 중계가 밤중이라고 믿고 있었기에 TV는 켜지도 않았었다.

하쯔꼬의 친구로부터 전화가 와서야 비로소 TV를 켜고,

"사또꼬, 결승에 남아 있네!"

라며 놀라고 있으니 태평하기도 하다.

결승에 남았다고 하는 것은 사와이네 가족으로서는 '예상 밖'의 활약이었다.

하지만 또 다른 한 사람, 사또꼬보다 2년 위인 선수가 원래의 유력 후보로서 남아 있어 TV 카메라도 중계 아나운서도 오직 그 선수의 인터뷰만을 간단히 소개하고, 가장 마지막 코스에 있는 중학교 3학년 소녀에 대해서는 잊고 있는 듯했다.

"여기까지 왔으면 잘한 것이다."

라며 아버지도 마음을 놓은 듯 아주 편하게 스타트하는 것을 보고 있었다.

50미터 턴을 한 무렵부터 뭔가 경기가 이상하게 전개되었다. 전반에 맹 스피드로 달려 나간 사또꼬는 선두인 외국 선수와 1초 차였다. 당연히 후반에는 지쳐서 페이스가 떨어지리라 생각하고 있었는데…….

60, 70……. 사또꼬의 페이스는 떨어지지 않는다. 드디어 선두가 되어 80미터를 지났다.

불과 몇 초 사이에 아나운서의 중계도 TV 앞의 시청자도 단번에 흥분 상태가 되었다.

"사와이, 선두! 사와이, 선두입니다! 남은 거리 15미터, 10미터! 사와이, 강합니다!"

아나운서의 목소리는 아주 격앙되었고 장내의 환성도 단숨에 끓어올랐다.

"이제 5미터……, 해냈습니다! 사와이 사또꼬, 열다섯 살의 소녀가 아무도 예상치 못한 금메달!"

강력한 우승 후보로 거론되었던 외국 선수는 망연자실하여,

"사와이가 누구?"

라는 얼굴로 두리번거리고 있다.

"해냈다……."

사와이 사또꼬의 부모와 언니 하쯔꼬는 멍하니 넋이 나간 채

로 TV 화면을 쳐다보고 있었다. 전화가 울리는 소리에 가족들은 겨우 정신을 차렸고 그날 밤새 축하 전화 등으로 잠을 잘 수가 없었다……

"자고 있나?"

코치의 목소리가 들렸다.

사와이 사또꼬는 "잘 리가 없잖아"라고 말하고 싶었지만 눈을 뜨지 않고 있었다.

"마침 잘됐다. 모두 잠시 이리로 모여 봐."

코치도 참, 열차 안에서 뭘 시작하려는 걸까?

"사또꼬 선배는요?"

같은 수영클럽 후배인 쿠로끼 노조미가 말했다.

"됐어, 자게 둬."

코치가 작은 소리로, "끝으로. 저쪽 구석 쪽으로 모여"라고 말한다.

무슨 이야기를 하려고 하는 거야?

이제 와서 "안 잤어요"라고 말하기도 어려워 사또꼬는 좌석을 뒤로 젖힌 채 눈을 감고 있었다.

같은 열차를 타고 고향으로 돌아가는 여자 선수들. 이번 세계 수영선수권에도 전부 10명의 선수를 출장시킨 명문 수영클럽의 소녀들이다.

코치인 야나기다는 그 수영클럽에서 사또꼬를 초등학교 때부터 보아 왔다. 그리고 3년 전 열다섯 살인 사또꼬가 금메달을 딴 그날 밤, 야나기다도 수영계의 거물이 된 것이다……

"좋아, 모두 잘 들어."

야나기다의 목소리는 연중 수영장 사이드에서 호통을 치는 탓으로 잘 들을 수 있다. 틀림없이 사또꼬의 자리로부터 멀리 떨어져 있어 잘 들리지 않으리라 생각하고 있는 걸 것이다.

코치도 참……. 나에게 비밀로 하고 무슨 이야기를? 생일 축하라도 해주려는 건가?

"여러분도 알고 있겠지? 이번 성적은 만족스럽다고 말할 수는 없다."

라고 야나기다는 말을 시작했다.

"모두 열심히 했지만 다른 선수들은 더욱더 열심히 했다. 패한 것은 사실이고 이제 와서 어쩔 수 없다. 하지만 내년에는 올림픽이 있다. 이번에는 목표를 거기에 두고 모두 함께 다시 한 번 분발하자."

성질도 급하네!

사또꼬는 쓴웃음을 지었다.

아무리 수영이 좋다고 해도 모두가 아직 중학생 아니면 고등학생이다. 사또꼬 또한 내년 봄에나 겨우 대학생이 된다. 큰 대회가 하나 끝나고, 한숨 돌릴 겨를도 없이 돌아가는 열차 안에서

'다음 대회' 이야기라니? 정말 싫다! 마음껏 먹고 마음껏 놀고 싶다!

이 대회가 끝나면 사또꼬는 도쿄로 놀러가기로 되어 있었다. 여름방학은 앞으로 보름 남았다. 저 코치의 말대로라면 내일부터 연습일지도 모른다.

농담도 아니고 대체 무슨 소리야! 누가 뭐라 하든지 나는 도쿄에 가서 놀 거다. 디즈니랜드도 가고, 하라주쿠도 거닐고, 아오야마의 케이크 가게도 가고……. 못 가게 해봤자 헛수고일 것이다.

사또꼬는 야나기다에게 그렇게 말해주고 싶었다.

"이번 대회를 보며 여러분도 알았으리라 생각한다."

야나기다는 계속 말을 이었다.

"연습량이 충분하지 않았다. 그것은, 이렇게 말하면 안 된 이야기일지도 모르겠지만, 사또꼬가 제일 먼저 연습을 끝내 버렸기 때문이다."

사또꼬는 얼떨결에 머리를 들었다. 그렇지만 입을 열기 전에 야나기다의 말이 귀에 들어온다.

"사또꼬는 이제 끝이다. 3년 전이 저 녀석의 절정이었다. 분명 수영클럽의 심벌이기도 하고, 모르는 사람이 없을 정도로 유명 선수이지만, 수영 실력은 떨어지고 있다. 알겠어? 앞으로는 사또꼬에게 끌려 다녀서는 안 돼. 앞으로 노조미, 네가 팀의 리더다.

알겠지?"

"예."

쿠로끼 노조미가 긴장된 목소리로 대답한다.

"노조미는 앞으로 더욱 성장해 갈 것이다. 자신의 성적에 대해 생각하면서 모두를 이끌어 가는 것은 힘든 일이다. 그렇지만 너라면 할 수 있어. 알겠지? 나는 너를 키우는 일에만 전념할 것이다. 너는 오로지 수영만 하면 된다."

잠시 동안 침묵이 흘렀다. 당황하는 기색이다.

"사또꼬에게는…… 아무 말도 하지 마. 너희들은 지금까지와 같이 대하면 된다. 사또꼬에 대해서는 내가 알아서 할 것이다."

야나기다는 잠시 숨을 돌리고 말했다.

"자, 자리로 돌아가. 이제 15분 후면 역이다."

모두가 자리로 돌아온다.

사또꼬는 눈을 꼭 감고 계속 자는 척했다. 하지만 꽉 쥔 주먹이 떨리고 있어서 누군가 눈치 채지 않을까 걱정이 되었다.

"노조미."

야나기다가 불러 세웠다.

"역에는 마중 나온 사람들이 많이 있을 거다. 성적순으로 하면 네가 톱이지만 이번에는 사또꼬를 앞세워 먼저 내리게 해. 알 겠지?"

"예."

"그래. 머리 흐트러졌으니 정리 좀 하고."

"부끄럽게!"

말하면서 미소가 새어 나온다.

사또꼬는 간신히 눈 뜰 기회를 포착했다.

"사또꼬 선배님, 잘 잤어요?"

노조미가 말했다.

"응, 돌아오는 비행기에서 별로 못 잤거든."

하품을 해 보이며 말했다.

"얼마 안 남았지?"

"15분 남았대요."

"얼굴 씻고 올게."

사또꼬는 좌석 등받이에 손을 대면서 통로를 지나갔다. 야나기다는 스포츠신문을 펼치고 있었는데 사또꼬가 옆을 지나가자,

"잘 잤어?"

라고 말을 걸었다.

"예, 푹."

사또꼬는 눈 마주치기를 피했다.

세면대가 있는 곳까지 와서 사또꼬는,

"웃기고 있네!"

하며 무심코 말을 내뱉었다.

얼굴이 후끈 달아오르고 몸이 떨렸다. 폭발할 것 같았다. 참을

수 없는 기분과 터뜨릴 대상도 없는 분노. 그 분노의 피가 몸 안을 격렬하게 돌고 있었다.

3년 전이 피크였다고 말한다면 그럴지도 모른다. 이번 대회에서 겨우 준결승에까지밖에 못간 것을 한심하다고 말한다면 그것도 부정할 수는 없다. 연습 부족이라고 말해도 반론은 하지 않겠다.

하지만 자신이 다른 아이들의 발목을 잡아당겼다는 듯한 그런 말은 뭐란 말인가? 좀 더 시키고 싶으면 그렇게 하면 되는 것이다. 코치 자신은 사또꼬 등에게 연습을 맡기고, 여기저기 TV나 잡지 등의 인터뷰를 하고 다녔다. 사또꼬도 몇 번인가 불려 갔다.

알고 있다.

본의 아닌 성적에 대해 책임을 지게 되는 것이 싫어서 사또꼬의 탓으로 해두고 싶은 것이다. 그리고 한창 성장기인 쿠로끼 노조미를 구슬려 두려고 하고 있다. 그런 어른의 의도를 간파할 수 있는 열여덟 살의 나이에 있다는 것이 슬펐다.

금메달로 빛났던 열다섯 살 때부터 3년간 사또꼬는, 10년 아니 20년이나 나이를 먹은 듯한 기분이 들었다. 사또꼬를 이용하려고 하는 어른이 벌 떼 같이 접근해 왔다. 그중에는 사또꼬가 귀엽다며 '탤런트 하지 않을래?' 하고 말해 오는 사람도 있었다. CD 데뷔라며 진짜로 기획을 해오는 사람도 있었다.

그런 '잡음'을 무시할 정도로 냉정했던 사또꼬이지만 그래도 도저히 거절할 수 없는 TV 출연이나 인터뷰로 대부분의 휴일은 없어졌다. 그것을 지시했던 것은 코치인 야나기다였던 것이다.

그런 말…… 너무한 거 아냐!

사또꼬는 세면대 거울 안에 비치는 자신의 얼굴을 물끄러미 노려보았다.

쿵 하고 열차가 흔들리며 스피드가 떨어진다.

이제 곧 도착인가? 너무 빠른 듯한 생각이 들어 승강구에서 밖을 보았다.

"한 정거장 전인가……."

작은 무인역이 있어서 아침저녁에만 중학생이 타고 내린다. 지금은 여름방학이기 때문에 그것도 거의 없을 것이다. 열차가 멈추고 문이 스르르 열렸다.

정면으로 아무도 없는 텅 빈 개찰구가 보였다. 덩그러니 비어 있는 그 공간은 다른 세계로 가는 입구처럼 보였다. 사또꼬는 순간적으로 열차에서 뛰어내리고 있었다.

곧바로 눈앞의 개찰구를 빠져나와 밖으로 나갔다. 그리고 열차의 창문으로부터 보이지 않게 낡아빠진 간판 뒤에 몸을 숨겼다.

삐 하고 짧게 경적이 울리고 문이 닫히며 열차가 움직이기 시작한다. 사또꼬는 슬슬 일어났다. 그리고 열차가 보이지 않을 때까지 바라보고 있었다. 숨을 돌리고 주위를 둘러본다.

"사고를 쳐버렸어."

엉겁결에 웃고 말았다.

열차가 다음 역에 도착한다. 그리고 역 플랫폼에는 시장이며 교육장이며 무슨 직함인지 알 수 없는 어른들이 쭉 늘어서서 중학교, 고등학교 여학생들을 맞이한다.

하지만 거기에는 '가장 알려진' 스타가 없다. 3년 전이 피크였던 사와이 사또꼬는 어디에도 없다. 야나기다가 시장과 교장 선생님에게 어떻게 둘러댈지 사또꼬는 그것을 생각하면 마음속 깊은 곳에서 통쾌한 웃음이 터져 나왔다.

2. 실종

"연락을 정확히 못 드려서 심려를 끼치게 했습니다. 죄송합니다."

야나기다는 여러 차례 사과의 말을 한 뒤,

"그럼 실례하겠습니다!"

하며 머리를 숙이고 돌아간다.

"네……. 감사합니다."

사와이 노부요는 현관에서 잠시 야나기다를 배웅한 후,

"어머머, 꽤나 취하셨네. 웬일이지? 야나기다 씨 잘 안 마시는데."

라며 웃었다.

"어이, 이제 문 잠가."

사와이 카즈오는 기분이 언짢았다.

"사람을 바보 취급하고 있어! 정말!"

"당신, 그렇게 화를 내도……."

노부요는 현관에서 올라왔다.

"사또꼬가 늦어서 못 탄 거라면 어쩔 수 없잖아요."

"사또꼬는 그 수영클럽의 얼굴이란 말이야. 시장님조차도 사또꼬랑 나란히 사진을 찍기 위해 오신 거라고. 그런데 '늦어서 못 탔습니다' 라니. 그렇게 말해서 끝날 문제야?"

"그래도, 연락은 넣었다고 하잖아요."

"알게 뭐야. 연락을 했다면 한두 명은 그걸 들었겠지. 그렇잖아? 방송국도 신문사도 사또꼬가 웃는 얼굴로 내려올 거라고 생각하며 기다리고 있었어. 그게."

"아버지! 어머니에게 불평 늘어놓아 봤자 소용없잖아요."

하쯔꼬가 끼어든다.

"불평을 늘어놓고 있는 게 아니야."

"늘어놓고 있잖아요?"

"알았다!"

사와이 카즈오는 홱 하고 등을 돌리고는 2층으로 가버렸다.

"저러다 계단 부서지겠네."

하쯔꼬가 말했다.

"자기 뜻대로 되지 않으면 금방 틀어져 버린다니까. 네 아버지는"

노부요는 크게 신경도 쓰지 않는 기색이다.

"하쯔꼬, 욕조에 물 좀 받아줄래?"

라고 말했는데 웬일인지 하쯔꼬가 멍하니 생각에 잠긴 듯이 보였다.

"하쯔꼬, 하쯔꼬!"

"네?"

갑자기 정신을 차린 듯이,

"아, 욕조 물이요, 알겠어요. 지금 받을게요."

라고 말한다.

"뭘 그리 멍하니 있었던 거야?"

"엄마! 그래도…… 열차에 제때 못 탄 거라면 집에 전화 한 통 정도는 하지 않나요, 사또꼬라면?"

"정말 너까지……. 야나기다 씨가 거짓말이라도 하고 있다는 거야?"

노부요는 한숨을 쉬고는 말했다.

"사또꼬는 이후에 도쿄에 놀러가기로 되어 있었어. 어차피 늦었으니까 그냥 그대로 도쿄에 있자고 생각했다 해도 이상할 건 없잖니?"

"음……."

"덥지? 좀 뭐하면 그냥 샤워만 할까?"

"아니에요. 목욕물 받아 놓을게요."

하쯔꼬는 욕실에 가서 욕조의 마개를 막고 목욕물을 받기 시작했다.

물소리만 가득 울려 퍼지고 있을 뿐, 아무런 방해도 없는 적막감을 틈타 생각에 잠길 수 있었다.

뭔가 이상하다. 하쯔꼬는 직감적으로 그렇게 느끼고 있었다.

현재 20살인 하쯔꼬는 이 시의 여자전문대학에 다니고 있다. 물론 지금은 여름방학이지만 이제 내년 봄이면 졸업이기 때문에 이렇게 놀고만 있을 수도 없는 처지이다.

하쯔꼬가 '이상하다' 고 생각한 것은 아무리 사또꼬가 '변덕쟁이' 라 해도 외국에서 돌아왔는데 일단 집에 돌아오지 않을 리가 없다는 점이다. 게다가 혼자서 도쿄에 남았다니…….

그것을 이상하게 생각하지 않는 어머니, 게다가 아버지는 사또꼬를 걱정하고 있다기보다는, 자신이 오늘의 '귀국환영회' 에서 폼을 재지 못한 것에 화가 나 있는 것뿐이다.

"이상하네."

하쯔꼬는 중얼거렸다.

어머니는 야나기다 코치를 굳게 믿고 있다. 하지만 하쯔꼬는 그렇지 않았다. 하쯔꼬는 원래 사또꼬보다 먼저 그 수영클럽에 다녔었다. 야나기다 코치 밑에서 하쯔꼬도 한때는 꽤 유망하게 여겨졌던 적이 있다.

하지만 사또꼬가 수영을 시작하고 나서 곧바로 그 재능이 모든 이의 눈에 분명해지자 야나기다는 하쯔꼬를 조수에게 맡기고 본인은 사또꼬에게 전념했다. 하쯔꼬는 그때부터 수영에 대한 의욕을 잃고 클럽을 그만두었다. 야나기다는 말리려고도 하지 않았다.

하지만 어쨌든 하쯔꼬는 여러 해 동안 부모님보다도 오랜 시간을 야나기다와 보냈다. 야나기다가 무엇을 생각하고 있는지 대충 짐작이 간다. 그리고 오늘의 야나기다는 무언가를 속이려고 하고 있었던 것이다.

무엇을? 당연히 사또꼬의 일이다. 사또꼬가 함께 돌아오지 않은 것은 무언가 이유가 있어서 그리 한 것이다. 물론 어떤 이유인지까지는 모르겠지만…….

문득 하쯔꼬는 뭔가 생각이 나서 서둘러 거실로 돌아가 어머니가 부엌에 있는 것을 확인하고서 전화를 걸었다.

"네."

조금 차분한 목소리다.

"노조미지? 나 하쯔꼬야. 사와이 하쯔꼬."

"아, 네……."

쿠로끼 노조미도 어릴 때부터 알고 있다.

"오늘 일 축하해. 요즘 점점 더 기록이 좋아지고 있네."

"아…… 아뇨. 그렇지 않아요……."

머뭇거린다.

"있잖아, 노조미. 좀 알려줬으면 좋겠는데. 사또꼬 일에 대해서. 사또꼬가 열차에 늦어서 못 탔다고 야나기다 코치가 말하던데 사실은 어떻게 된 거야?"

노조미는 입을 다물었다.

"저기, 사또꼬는 내가 제일 잘 알아. 야나기다 씨의 얘기는 믿어지지 않아. 너는 알고 있지?"

"그게, 잘 몰라요. 저……."

"모른다니……. 같은 열차에 타 놓고 어떻게?"

하쯔꼬는 떠보았다. 처음부터 사또꼬는 열차에 타고 있지 않았다는 것이 야나기다의 설명이었다.

"저기, 저는 잘 몰라요. 좌석이 떨어져 있어서……."

역시 그랬었군. 사또꼬는 같은 열차에 타고 있었던 것이다.

"죄송해요. 좀 급한 일이……."

노조미는 전화를 끊어 버렸다. 어떻게 된 건지 도저히 알 수가 없었다. 야나기다가 거짓말을 하고 있다는 것만은 확실하다고 생각하지만…….

"여보세요."

"어, 뭐야. 노조미냐?"

야나기다는 아직도 조금 혀가 꼬부라진 소리로 말했다.

"저기……."

"오늘은 수고했다. 피곤하지? 빨리 자."

"네……. 저기……."

"내일 일 말이야?"

야나기다는 웃으며 말한다.

"그래, 나도 내일은 못 일어날지도 모르겠다. 내일 연습은 없
는 걸로 하자."

"코치님……. 좀 전에 하쯔꼬 선배한테 전화가 왔었어요."

"뭐라고?"

야나기다의 목소리가 갑자기 긴장한다.

"하쯔꼬가 뭐라고 했었어?"

"저기…… 사또꼬 선배 일, 사실은 어떻게 된 것인지 물었
어요."

"넌 뭐라고 대답했어?"

"단지…… 잘 모른다고만."

"그걸로 됐어. 내가 잘 설명했으니."

"하지만 사또꼬 선배, 그때의 이야기를 듣고 있었던 것이 아닌
가 생각해서요."

"깨어 있었다는 말이야?"

"아마도……. 그래서 한 정거장 전 역에서 내린 게 아닐까요?"

"노조미."

야나기다는 엄하게 말했다.

"열차 안에서 내가 한 말을 잘 기억해 둬. 내년은 너의 해란 말이야."

"코치님……."

"아무 생각도 하지 마. 내게 맡겨 둬. 알았지?"

"네……."

"노조미. 날 믿어. 그리고 누가 무엇을 물어도 말하면 안 돼."

야나기다는 반복해 말했다.

"그리고 만일 사또꼬가 너한테 전화라도 해오면 어디에 있는지 물어봐. 꼭. 알겠지?"

"네."

대답을 하지 않을 수 없다.

"노조미, 착하고 남을 배려하는 그런 게 너의 좋은 점이야. 나도 그건 잘 알고 있다. 그렇지만 승부의 세계에서는 그런 건 통하지 않아. 알았어?"

"네."

"아무리 착하고 성격이 좋은 선수라도 지게 되면 사람들이 쳐다보지도 않아. 오직 이기는 길밖에 없어."

야나기다는 다소 생각해 주는 듯한 말투로 다시 말했다.

"알았지? 다른 사람들에 대해선 신경 쓰지 마. 사또꼬 일은 내가 알아서 할 테니까."

"네. 하지만……."

"본인이 남았다고 해두는 편이 당사자도 상처 받지 않고 끝나. 나도 여러 가지로 생각하고 있어."

"알겠습니다. 단지 우리들을 원망하는 건 아닌가 해서……."

"그럴 리가 있겠어? 만약 그때 이야기를 들었다고 해도 원망할 상대는 나지, 네가 아니야. 그렇잖아?"

"네……."

"코치란 미움 받아도 괜찮아. 원래 그런 역할이니까. 일의 하나야."

"네."

노조미도 조금 기분이 가벼워진 듯했다.

"알겠습니다. 죄송해요."

"아니, 알려줘서 고마워. 망설여지는 일이 있으면 뭐든지 나한테 말하는 거야."

"네. 그렇게 하겠습니다."

그리고 한결 경쾌한 목소리로 "코치님, 안녕히 주무세요"라고 말한다.

"그래, 잘 자라. 피곤하지? 푹 자야 해. 그런 어른들의 모임은 피곤하니까 말이야. 그래도 그렇게 싱글벙글 웃고 사진이라도 함께 찍어주면 어떻게든 예산을 따올 수 있으니까."

"네."

"그럼 내일 밤쯤에 다시 연락하마."

"알겠습니다. 안녕히 주무세요."

노조미는 그렇게 말하고 전화를 끊었다. 야나기다는 완전히 취기가 깨버렸다. 하쯔꼬가 이상하다고 생각하고 있을 건 예상한 일이었다. 그 녀석은 똑똑한 아이다.

"즐거워 보이네."

부인인 아야꼬가 수건을 손에 들고 거실로 나온다.

"목욕 먼저 할 거야?"

"아니, 술 좀 깨고 나서 할게. 당신 먼저 해."

"그럼 그렇게 할게……."

아야꼬는 부스스한 머리카락을 손으로 마구 헝클어뜨리면서 욕실로 간다. 크게 하품하고 있다는 것을 뒷모습으로도 알 수 있다.

아야꼬와 야나기다 키이찌는 마흔일곱 살 동갑이다. 체육 교사끼리의 결혼이었다. 아야꼬는 임신을 했는데 그것도 모른 채 무리하게 일을 계속하다가 유산이 되었고, 그 후로 몸 상태가 좋지 않아 일을 그만두게 되었다. 그러고는 집에서 쉬면서 빈둥빈둥 하는 생활을 반복하고 있다. 야나기다가 수영클럽으로 옮긴 것도 체육 교사의 월급만으로는 생계를 이어가기가 힘들었기 때문이다.

물론 그것 자체는 잘됐다고 생각하고 있다. 사또꼬와 만났고 그러고 나서 코치로서의 야나기다라는 이름이 단숨에 이 업계에서 알려졌다. 교사로 일하던 시절이라면 발을 들여놓을 생각도 못했던 고급 레스토랑이나 바에, 도쿄에 갈 때에는 거의 매번이라 말해도 좋을 정도로 드나들었다. 당연히 방송국이나 초대한 측의 접대로.

인간이란 무엇이 운명을 결정지을지 모르는 법이다.

그러나…….

욕실에서 물소리가 들려오자 야나기다는 전화기에 손을 뻗었다.

"여보세요."

여자의 낮은 목소리.

"지금 괜찮나?"

"잠깐만."

여자가 말하고 조금 시간이 흘렀다.

"괜찮아, 지금 부엌이야."

전화 목소리가 바뀌었다.

"휴대전화라는 건 역시 편리하네."

야나기다는 말했다.

"내일은 연습이 없는 걸로 했어. 오후에 만날 수 없을까?"

"하지만……."

"예정 없지?"

"특별히 없지만……."

"그럼 늘 보던 곳에서 2시, 괜찮지?"

"알았어."

한숨이 섞인 채로 말을 맺는다.

"그럼······."

"차로 갈게. 그럼."

간략하게 말하고 끊는다. 이것이 '안전한 방법'이라는 것이다······.

야나기다는 거실 소파에 벌렁 누워 기지개를 켰다. 너무나도 살이 쪄 뚱뚱해진 아야꼬를 안을 기분 따위 들지 않는다. 하긴 야나기다 자신도 아내에게 뭐라 할 수 없을 정도로 뚱뚱해졌지만.

그나저나 사또꼬 녀석 어디에 간 거지?

야나기다는 아직도 화가 풀리지 않았다. 변명하느라 완전히 진땀을 빼버렸다.

순전히 사또꼬 탓이다! 전 역에서 내렸다고 하면 뭐, 내일이면 돌아오겠지. 가방은 둔 채로 갔으니.

물론 이야기가 엇갈리는 것을 우려해 사또꼬의 가방은 야나기다가 갖고 돌아왔다.

그 녀석······ 아주 혼쭐을 내주마. 귀엽다, 귀엽다 했더니 기어오르고 말이야! 누구 덕에 유명해졌다고 생각하는 거야!

야나기다는 생각도 못하고 있었다. 사또꼬도 같은 생각을 하고 있다는 것을······.

3. 구조

큰소리로 외치는 소리가 났을 때 사또꼬는 멍하니 강의 수면을 바라보고 있었다.

밤의 하천의 흐름은 그저 까만 수면에서 일어나는 '소리'로 보일 뿐이다. 마을 안을 흐르는 하천치고는 물살이 빠른 것 같았다.

사또꼬는 배가 고파서 햄버거를 사와 강가의 벤치에 걸터앉아 먹었다.

열차에서 뛰어 내렸을 때에는 아무 생각도 없었다. 잔돈 지갑이 주머니에 들어 있어 몇천 엔인가의 돈으로 우선 버스를 타고 이 마을에 왔다. 그리고 햄버거와 커피.

돈이 얼마나 더 남아 있는지. 그래봤자 호텔비까지는 없다. 여름밤, 이 벤치에서 자도 상관없다. 모기에 물리는 건 각오해야 할지 모르겠지만.

솔직히 사또꼬는 오늘의 '귀국환영회'나 야나기다 코치 따위는 거의 생각도 하지 않았다.

혼자서 이렇게 자유롭게 있다. 그 일 앞에선 가족이 걱정할지도 모른다는 것조차 그리 중요한 일이 아니었다. 게다가 야나기다가 어떻게 설명했는지는 모르겠지만 아버지는 화를 내기는 해도 걱정 따윈 하지 않는 사람이고, 어머니도 나쁜 사람은 아니지만 바로 잔소리를 해댄다. 아마도 언니인 하쯔꼬만이 사또꼬 걱정을 하고 있을 것이다.

야나기다도 사또꼬가 상처 받았다든지 '연습, 연습'인 매일로부터 해방되고 싶어 했던 것 따위 이해하지 않을 것이고, 이해하려고도 하지 않을 것이다. 그저 '체면을 구겼다'고 화내고 있을 것이다.

오래 함께 한 덕에 사또꼬는 야나기다가 뭐라고 할지 짐작이 간다.

자, 그럼…….

이 마을에서 어디로 갈까? 도쿄로 나갈 수 있을까? 열차표 살 돈은 부족하지만 타고 나면 어떻게든 되겠지.

햄버거를 쌌던 종이를 손으로 구겨 쥐어 옆의 쓰레기통에 던진다. 그것이 쏙 하고 잘 들어가서 기분이 좋아졌다. 이런 하찮은 일로 기분이 좋아지다니 이상하다.

사또꼬는 어이가 없어 웃음이 나왔다.

그때.

"누가 좀!"

여자의 목소리가 들렸다.

"도와주세요! 누구 없나요!"

사또꼬는 깜짝 놀라 목소리가 들리는 쪽으로 눈을 돌렸다. 조금 떨어진 곳에 다리가 있고, 여자가 난간에 매달리듯 하여 소리치고 있는 모습이 가로등 빛에 드러났다.

"마사또시! 마사또시!"

여자는 강 쪽으로 소리치고 있었다.

강 수면으로 눈을 돌린 사또꼬는 까맣게 어두운 강 수면에 쑥하고 하얀 물체가 보이는 것을 알 수 있었다.

저건 사람이다! 어린아이 같다.

손을 뻗어 물을 저으려고 한다. 하지만 물살이 빨라서 보고 있는 사이에 아이는 물에 휩쓸려 가라앉고 말 것 같았다.

"마사또시!"

여자가 난간을 넘어가려 하고 있었다. 위험하다. 저래선 둘 다 물에 빠져 죽을 것이다.

"그만둬요!"

사또꼬가 외치자 당장이라도 뛰어내리려고 하던 여자가 흠칫 행동을 멈춘다.

사또꼬는 급히 신발과 입고 있던 얇은 점퍼를 벗어 던지고는

곧장 물속으로 뛰어들었다. 망설이거나 생각할 겨를이 없었던 것이 오히려 다행이었는지 모른다. 강에 들어가자 의외로 물은 냄새도 안 나고 깨끗한 것 같았다. 하지만 물살은 세고 게다가 어두워서 일단 상대가 가라앉아 버리면 찾기가 어려워진다.

어차피 뛰어든 거다. 어떻게든 구해내야지!

사또꼬는 있는 힘을 다해 물을 저어 헤엄치기 시작했다. 물결에 몸을 실어 헤엄치는 거라 자신도 놀랄 정도의 스피드로 떠내려 가는 아이 쪽으로 쭉쭉 접근해 갔다.

사또꼬는 수영 수업 시간에 구조법을 배웠다.

아이의 머리가 물 사이로 보였다 안 보였다 한다.

사또꼬는 크게 숨을 들이쉬고는 물속으로 들어갔다. 그리고 수면으로 떠오름과 동시에 그 아이의 몸을 밑에서부터 받쳐 수면으로 얼굴을 밀어올렸다.

아이는 허우적거리지도, 붙잡고 끌어당기지도 않은 채 이미 축 늘어져 있었다.

처음 봤을 때 생각했던 것만큼 작은 아이는 아닌 것 같다. 사또꼬의 단련된 다리가 물을 크게 차고, 한 팔로 아이의 몸을 붙잡고 다른 한 팔로 물을 힘차게 젓는다.

물결을 비스듬히 헤엄쳐 가는 건 까다로웠지만 그럭저럭 해냈다. 강기슭에 철 구조물이 있어서 사또꼬는 거기까지 어떻게든 헤엄쳐 도착했다. 하천의 밑바닥에 박아 놓은 듯한 철골을 붙잡고 아이의 얼굴을 위로 향하게 하여 물을 먹지 않도록 지탱한다.

"마사또시!"

다급한 발소리와 함께 머리 위에서 들리는 여자의 목소리.

"여기에요!"

사또꼬는 소리쳤다.

"누구 좀 불러와요!"

"정말……, 정말 고마워요! 조금만 기다려 주세요! 당장, 지금 당장."

여자는 서둘러 달려갔다.

사또꼬는 철골 옆으로 걸쳐 있는 판자에 한 손을 걸치고 숨을 가다듬었다. 이렇게 필사적으로 수영을 한 건 오랜만인 것 같다.

이것이야말로 진정으로 '목숨을 거는' 것이다. 야나기다는 일 년 내내 '목숨 걸고 수영해'라고 말하지만, 수영을 하는 입장에서 보면 일 년에 몇 번이고 '목숨 걸고' 수영을 한다는 것은 있을 수 없는 일이다. 만약 무리하면 이상이 생긴다.

사또꼬는 강물 속에 있으면서도 이런 상황을 꽤 즐기고 있었다. 구해낸 아이가 남자아이고 좀 귀엽게 생긴 아이라는 것까지 자세히 보았다.

사람들의 목소리가 들리고 간신히 물에서 끌어올려진 것은 15분 가까이 지나고서였다…….

따르릉…….

전화벨 소리에 사또꼬는 눈을 떴다.

깜짝 놀라 자신이 아직 세계수영선수권 투어 중이라고 생각했다. 지금 누워 있는 곳이 아무리 봐도 호텔 방이었기 때문이다.

하지만…… 그렇지. 어젯밤 누군가가 물에 빠져 죽을 뻔한 것을 구해줬다. 그건 현실이었던 걸까?

그래, 맞아…….

분명히 구해냈다. 호텔방 소파에는 새 옷이 개어져 놓여 있다. 저것은 구해준 아이의 어머니가 사또꼬의 옷이 흠뻑 젖어버렸기 때문에 "우선 이거라도"라며 사다준 것이다.

전화를 받자 "죄송합니다, 프런트입니다"라는 여자 목소리가 흘러나온다.

"12시에 체크아웃 하셔야 하니 부탁드리겠습니다."

"네……. 지금 몇 시죠?"

"11시 50분입니다."

"이런! 바로 준비하겠습니다!"

"아닙니다, 너무 서두르지 않으셔도 됩니다."

이런. 이렇게 푹 자버리다니!

역시 외국에서 돌아왔기 때문에 '시차 적응'이 잘 안 되는 건지도 모른다.

하품을 하며 일어나 커튼을 열자, 확 하고 방 안이 빛으로 가득

해진다.

또 전화가 울린다.

"아, 프런트입니다."

방금 전의 여자가 당황한 기색이다.

"정말 실례했습니다! 저기, 몇 시까지든 상관없으니 개의치 마시고 사용해 주십시오."

"네?"

"그렇지만 체크아웃이……."

사또꼬는 당황스러웠다.

"아닙니다, 부디 편히 쉬십시오. 특별히 그렇게 지시를 받았습니다만 제가 그만 깜박해서…… 대단히 죄송합니다."

그 부인이 준비해 준 걸 것이다.

"그럼 앞으로 1시간쯤 있다가 나갈게요."

느긋하게 있을 수 있게 되었기에 목욕을 하기로 했다. 어젯밤에도 느긋하게 목욕하기는 했지만 '한 번만 하고 말기에는 너무나도 아깝다!' 라는 생각이 들 정도로 호화로운 욕실이었다.

그나저나 그 부인은 어떤 분일까?

야스나가……. 그래, 야스나가 테루꼬라고 했었지.

사또꼬가 구한 남자아이는 야스나가 마사또시라는 12살 소년이었다. 물에 빠졌던 때문만이 아니라 창백하고 허약한 느낌의 아이였다. 그 강에서 끌어올려진 남자아이는 구급차로 곧바로 병원에 이송됐다. 사또꼬도 병원에 가는 게 좋겠다고 했지만 괜찮다며 본인만 간다고 했다. 그런데 아무리 여름이라 해도 흠뻑 젖은 채로 밤을 샐 수는 없는 일.

야스나가 테루꼬가 나를 이 호텔에 데려다 주고, 나중에 새 옷도 가져다 준 것이다. 아이의 생명을 구했다. 이 정도는 받아도 되지 않겠냐고 사또꼬는 생각했다. 그리고는 넓은 침대에서 푹 잠들어……

"앗!"

하마터면 욕조 안에서 졸다가 빠져 죽을 뻔했다. 창피하게! 수영 선수가 욕조에서 익사라니 말도 안 되지.

목욕을 마치고 가운을 입고 침대로 돌아오니 문 밑으로 무언가 넣어져 있는 것이 보였다. 집어서 들어 보니 봉투다. 조금 두께가 있다.

열어 보니 열차표가 나왔다. 오늘 저녁 여기에서 출발하는 열차로, 신깐센으로 갈아타고 도꾜까지 갈 수 있게 되어 있다.

"마침 잘됐군!"

사또꼬는 자기도 모르게 그 말이 입 밖으로 튀어나오고 말았다.

봉투 안에는 또 무언가가 들어 있다. 거꾸로 들어 보니 만 엔짜리 지폐 몇 장이 펄럭펄럭 침대 위로 떨어졌다. 그리고 작은 편지지가 한 장. 흘려 쓴 듯한 글씨체의 편지는 그 야스나가 테루꼬가 쓴 것일 것이다.

'어젯밤에는 정말 감사했습니다.

마사또시는 덕분에 무사히 퇴원했습니다.

저희는 오늘 점심 무렵의 열차로 도쿄로 돌아갑니다.

어젯밤 도쿄에 가고 싶다고 이야기하셨기에 도움이 될까 하여 표
를 동봉했습니다.

도쿄에 오시면 꼭 방문해 주십시오.

야스나가 테루꼬.'

만 엔 지폐가 세 장, 그리고 야스나가 테루꼬의 집 약도를 그린
메모가 한 장.

사또꼬는 잠깐 동안 침대에 앉아 있었다. 상황이 이렇게 된다
면 도쿄에 갈 수 있다. 그리고 그 집에서 재워 준다면 돈도 들지
않는다.

하지만 그렇게까지 하는 것은 뻔뻔하다. 도쿄에 가는 건 원래
그럴 생각이었으니까……. 하지만 이렇게 말없이 가버려도 되
는 건가.

사또꼬는 도쿄에 가는 것이 가능해지자 그제야 집이나 수영클
럽에서 모두 걱정하고 있을지도 모른다는 생각이 들었다.

내년엔 대학 시험을 치러야 한다. 체육학부에 가는 거라면 모
두 기꺼이 받아주겠지만 그것도 마음이 무겁다. 사또꼬는 잠시

망설인 끝에 집에 전화를 해보기로 했다.

　그만둘까 여러 번 생각했지만 결국 집 번호를 누른다.

　"네, 사와이입니다."

　"언니."

　"사또꼬! 너 괜찮은 거야?"

　하쯔꼬는 재미있어 하는 듯한 눈치다.

　"너 꽤 하는구나. 코치 노발대발하고 있을 거야. 분명히."

　"응, 알고 있어."

　"네 기분 난 알 것 같은데, 그래도 일단 돌아오는 게 어때? 지금 어디야?"

　"저기."

　사또꼬가 말을 꺼냈을 때 수화기 너머로, "엄마!"라고 언니가 말하는 것이 들렸다.

　"이리 줘봐! 여보세요!"

　노부요가 찌르는 듯한 목소리를 냈다.

　"사또꼬? 여보세요?"

　"응."

　"뭐 하는 거야! 모든 사람한테 폐만 끼치고!"

　어머니의 히스테릭한 목소리는 사또꼬가 그나마 가지고 있던 '양심의 가책'을 날려버렸다.

　"상관없잖아요. 가끔은 내가 하고 싶은 대로 해도."

"뭐니 그 말투! 야나기다 씨가 얼마나 창피를 당했는지 알고 있는 거야? 빨리 돌아와서 무릎을 꿇고 용서를 빌어!"

사또꼬는 어머니가 아무런 이해도 해주지 않는다는 것을 알았다. 아니, 사또꼬의 기분 따위는 이해하려고도 하지 않을 것이다.

"여보세요? 듣고 있니?"

"듣고 있어요. 저 도쿄에 갈 거예요."

"뭐라고?"

"그럼 이만."

"사또꼬!"

개의치 않고 그냥 끊어버린다. 알게 뭐야. 혼자 화내고 있으라지. 몹시 짜증이 난 사또꼬는 침대에 벌렁 드러누웠다.

아직 여름방학은 보름 정도 남았다. 돌아가면 바로 연습이겠지.

싫다 싫어.

사또꼬는 수영하는 것을 좋아했다. 그렇기에 하기 싫은데 억지로 하는 수영은 정말 하고 싶지 않은 것이다. 물론 그런 말을 하면 야나기다는 펄쩍펄쩍 뛰며 화를 내겠지만.

순간 전화가 울려 잠시 움찔했다. 어머니가 여기에 사또꼬가 있다는 것을 알고 전화를 걸어온 것이라고 생각한 것이다. 전화를 받았지만 상대는 아무 말도 하지 않는다.

"여보세요? 누구세요?"

장난 전화인가? 그렇게 생각하고 끊으려던 차에 여자 목소리
가 들렸다.

"왜 구해주신 겁니까?"

"네?"

"분명히 당신은 후회할 거예요. 그 아이를 구해준 것을."

"여보세요? 누구……?"

뚝 하고 전화가 끊어졌다.

'왜 구해주신 겁니까.'

방금 전의 목소리는 그렇게 말했다. 무슨 의미일까? 어둡게 가
라앉은 여자 목소리였다.

'그 아이를 구해준 것을 후회할 거예요……'

그러고 보니 그 아이는 왜 강에 떨어진 걸까?

사또꼬는 처음으로 그걸 생각했다. 실수라고 생각하기는 힘들
다. 뭐라 해도 그 다리에는 난간이 제대로 설치되어 있다. 어른
이라도 가슴까지 오는 높이였으니 그 마사또시라는 아이는 난간
에서 머리가 나올까 말까 하는 정도일 것이다. 또 엄마가 옆에 같
이 있었음에도 불구하고 그 아이는 떨어졌다……

어째서일까?

사또꼬는 이해할 수가 없었다.

4. 동전의 운

핑 하는 소리가 나며 10엔짜리 동전이 빙글빙글 돌면서 날아오른다. 재빨리 손등 위에 올려 누르고 말한다.

"어느 쪽?"

"앞."

"그럼 난 뒤. 아! 졌네!"

마미야 시노부는 입을 삐쭉거린다.

"키요미, 치사해!"

"뭐가? 시노부 네가 꺼낸 말이잖아. 10엔짜리 동전으로 정하자고."

"그렇지만, 이걸로 벌써 세 번 연속 나잖아."

"알았어, 알았어. 그럼, 오늘밤까지는 이렇게 가고, 이 다음은 나, 그 다음은 시노부. 교대로. 그럼 불만 없지?"

"응!"

시노부는 이내 기분이 좋아져서, "그럼 갈까!" 하며 재빠르게 걷기 시작한다. 사야마 키요미는 어이가 없어 쳐다보고 있었다.

"뭐 하나 해주면 금방 좋아가지고는, 정말!"

"무슨 말 했어?

시노부가 돌아본다.

"아니, 아무 말도."

키요미는 어깨를 움츠렸다.

"오늘밤은 빨리 돌아가야 하니까. 빨리 끝내."

"나도 빠른 게 좋지만…… 상대방이 어떻게 하느냐에 달린 거잖아?"

"다루기에 달린 거지. 시노부는 요령이 없어."

"그야, 키요미만큼 남자에 익숙하지 않아서 그렇지."

사야마 키요미, 마미야 시노부.

두 사람은 같은 고등학교에 다니는 2학년 학생으로 모두 열일곱 살이다. 대화 내용으로만 보면 이 정도의 대화를 하는 열일곱 살은 흔히 있을지도 모른다.

하지만 두 사람의 경우에는 아주 현실적인 대화다.

두 사람은 역 앞 광장이 보이는 곳까지 왔다.

"괜찮을까?"

시노부가 광장의 상황을 살핀다.

"지금으로선 선생님처럼 보이는 사람은 없어."

"그래? 키요미의 감을 믿어볼까?"

"내가 빗나간 적 있어?"

"없어."

시노부는 살짝 웃으며 말한다.

"자, 간다."

"응, 잘 보고 있을 테니까."

"카메라, 있지?"

"걱정 말라니까."

키요미는 가방에서 소형 카메라를 꺼냈다.

"반드시 밝은 곳에서 멈춰 서야 돼. 아무리 감도 좋은 필름을 써도 캄캄하면 안 찍히니까."

"오케이, 그럼 갈게."

시노부가 출발한다.

"시노부! 배지!"

"아, 맞다!"

시노부가 블라우스 깃에 달린 학교 배지를 떼어, 가방 포켓에 넣었다. 키요미는 시노부가 광장을 향해 걸어가는 것을 보고 있었다.

여름방학이 막 시작되어서 그런지 밤이 되어도 후텁지근하다. 광장은 여기저기 찰싹 달라붙어 있는 연인들로 가득해, 보고 있는 것만으로도 몸이 끈적이는 듯했다.

키요미는 시노부가 분수 주변에 늘어선 벤치의 빈자리를 발견

하고 걸터앉는 것을 보았다. 오늘은 주말이 시작되는 금요일 밤이다. 틀림없이 봉이 걸릴 것이다.

키요미는 흘끗 손목시계를 보았다. 9시 반이다. 집에는 클럽활동이 있다고 말해 두었으며, 실제로 클럽활동으로 귀가 시간이 11시를 넘기는 일도 드물지 않기 때문에 의심받을 일은 없을 것이다. 착실하게 집에 돌아가고 어느 정도의 성적을 받으면 부모는 그다지 걱정하지 않는다는 것을 키요미는 잘 알고 있다.

"왔다. 왔어."

퇴근길에 살짝 취한 듯한 남자가 시노부에게 말을 거는 것을 보고 가방에서 카메라를 꺼냈다. 시노부의 웃음소리는 날카롭고 높아서 키요미가 있는 곳까지 들려온다. 잘 될까?

하지만 남자는 손을 흔들고는 그냥 비틀비틀 걸어갔다.

뭐야! 물어만 보고 간 거야? 키요미는 맥이 빠졌다.

하지만 다음 '손님'이 오기까지 그렇게 기다리지 않았다. 한 10분 정도 지나자 한 남자가 시노부에게 말을 걸어온 것이다. 키요미 쪽과 등지고 있어서 잘은 모르겠지만 뒷모습으로 봐서는 40대의 느낌이다. 조금 피곤한 듯 몸이 구부정했다.

"잘해……."

라고 중얼거리는 사이에, 시노부가 일어서서 남자의 팔에 자기 팔을 넣어 팔짱을 꼈다.

오케이! 저 정도면 시노부도 자신 있는 거겠지? 잘됐다.

시노부와 그 남자는 광장을 나와 역 앞에서 조금 떨어진 호텔이 늘어선 거리로 향한다.

키요미도 행동을 개시했다. 지름길을 빠른 걸음으로 빠져나와 마치 호텔과 호텔 사이의 길이라고도 할 수 없는 그런 틈새를 비집고 지나간다.

충분히 시노부 일행을 앞질렀을 것이다. 좋아, 걱정 없어.

호텔 앞 입간판 뒤에 숨어서 기다리고 있자, 완만한 비탈길을 올라오는 시노부 일행의 모습이 보였다. 길은 어두워서 남자의 얼굴은 정확히 알아볼 수 없다. 하지만 시노부가 즐거운 듯 이야기하고 있는 것을 보면 그렇게 이상한 상대는 아닌 것 같다.

키요미는 카메라를 꺼내어 렌즈의 줌을 최대한으로 키웠다. 소형 전자동 카메라이기 때문에 대단한 것은 아니지만 지금은 이런 카메라도 성능이 좋아 충분하다.

늘 가던 호텔 앞에서 발을 멈춘다. 키요미는 파인더를 들여다보며 셔터 버튼에 손가락을 올려놓았다.

두 사람이 호텔로 들어선다.

지금이야, 멈춰!

시노부가 갑자기 주저하는 기색을 보이며 길 쪽으로 돌아선다. 남자가 당황하며 돌아보았다.

입구의 조명이 남자의 얼굴을 밝게 비춘다. 키요미는 셔터를 눌렀다. 플래시는 터지지 않도록 해두었다. 두 번째 셔터를 눌렀다. 괜찮겠지.

시노부는 살짝 머뭇머뭇해 보이다가 다시 호텔로 들어간다.

시노부는 즐거운 듯했다. 뒷모습으로 본 인상보다 젊다. 그리고 살짝 카메라 렌즈를 통해서 본 것뿐이지만 꽤 괜찮은 남자다. 원래 '아저씨' 취향인 시노부 입장에서 보면 만나서 즐거울 것 같은 상대이다.

그래도 여유 부리며 너무 길게 즐기지 말고 빨리 나와, 시노부!

키요미는 호텔 가를 나와서 역 앞 광장으로 갔다. 나머지는 시노부가 먼저 상대를 자연스럽게 씻게 한 후 그 사이에 호주머니에서 명함을 슬쩍해 도망쳐 나오면 되는 것이다. 특별히 돈을 훔치는 것은 아니니까 범죄는 아니다.

그리고 사진이 확실하게 찍혀 있으면 거의 실패는 없었다. 명함에 적힌 회사에 전화를 걸어 사진을 '파는 것'이다. 어디까지나 매매이지 협박은 아니라고 키요미는 생각하고 있다. 그렇게 비싼 값을 부르지는 않는다.

기껏해야 10만 엔 정도. 여고생과 노는 데 5만 엔씩이나 내는 남자가 있는 것이다. 그리고 사진과 필름을 넘기지만 결코 두 번 다시 돈을 뜯는 일은 하지 않는다. 키요미와 시노부는 철저히 그 원칙을 지켜왔다. '양심적'이라고 한다면 이상할지도 모르지만.

키요미도 시노부도 이름이 알려진 사립 여고에 다니는데 특별히 용돈이 부족한 것도 아니다. 단지 '여유를 원한다'라는 것뿐이다. 갑자기 친구와 식사를 하고 싶을 때, 무언가 선물을 사고 싶을 때, 지금의 용돈으로는 빠듯하여 여유가 생기질 않는다.

키요미도 시노부도 담배는 피우지 않고 마리화나와도 인연이 없다. 특히 키요미는 반에서도 손꼽히는 예쁘장한 외모로 선생님도 마음에 들어 한다.

위험한 일에는 손을 대지 않는다. 이 원칙을 지키며 대충 한 달에 한두 번 이렇게 '임시 수입'이 있으면 그것으로 충분하다.

"시노부…… 늦네."

상대를 자연스럽게 욕실로 가게 하면 끝나는 건데. 그 점에서 시노부는 키요미만큼 두뇌 회전이 빠르지 않다. 뭐가 잘 안 풀리고 있는 건가?

그리고선 키요미는 별 생각 없이 주변을 빙 둘러보았다. 전혀 눈치 채지 못했다. 겨우 2, 3미터 정도로 가까워질 때까지.

"아……."

엉겁결에 말해 버렸다. 눈을 돌릴 새도 없었다. 상대편도 발걸음을 뚝 멈췄다.

"키요미."

아버지가 말했다.

키요미는 아버지와 팔짱을 끼고 이 더운데 딱 붙어 있는 젊은 여자를 본 기억이 있다. 아버지 직장의 부하 여직원이다. 그녀는 갑작스러운 일이라 뭐가 뭔지 잘 몰랐던 것 같다.

"아빠."

키요미가 말하자 그때서야 그녀가 깜짝 놀라 아버지에게서 떨어진다.

"따님?"

"응."

아버지는 뭐라 말하기 어려운 얼굴을 하고 있었다.

당연한 일이지만 정신을 차리는 것은 키요미 쪽이 빠르다.

"안녕하세요. 사야마 키요미예요."

여자에게 인사를 했다.

"아, 저…… 타니다 유까예요. 아버님께 항상 신세를……."

여자도 가볍게 인사를 하고는 서둘러 자리를 떠나려고 한다.

"그럼, 저는 이만 여기서."

"응, 수고했어."

아버지, 사야마 슌지는 부자연스럽게, "내일은 외부를 돌고 출근할 거야"라고 말을 이었다.

"네. 실례하겠습니다."

타니다 유까는 빠른 발걸음으로 가 버렸다.

"너……. 뭐하는 거야. 이런 데에서?"

키요미는 아버지처럼 '아뿔싸!' 하는 표정을 그대로 짓는 실수는 하지 않는다.

"시노부랑 만날 약속을 했는데 벌써 30분이나 지났는데 안 오네. 집에 가려고 하던 참이야."

말이 술술 나온다.

"같이 갈까?"

"그래……."

아버지의 웃는 얼굴은 굳어 있었다…….

아파트 인터폰을 누르자,

"네."

어머니 아유꼬의 목소리가 바로 들려온다.

"다녀왔어요. 아빠랑 저기서 만났어."

이 아파트의 인터폰은 TV 카메라가 달려 있어서 아버지의 모습도 보일 것이다.

"어머, 별일이네."

인터록으로 된 문이 덜컹덜컹하며 열렸다.

둘이 엘리베이터에 타자 아버지 슌지가 먼저 입을 열었다.

"키요미."

"아무 말도 안 할게."

키요미는 말했다.

"엄마를 울리면 안 돼."

"아니, 그런 사이 아니야. 정말이야."

말도 안 되는 변명이다. 딱 붙어 있는 그 모습. 그리고 두 사람이 걸어온 쪽으로 거슬러 올라가면 시노부가 들어간 그런 호텔이 늘어선 거리다. 아무 사이도 아닌데 산책을 하고 있었다고? 이렇게 더운데?

키요미는 비아냥거리고 싶었지만 그만두었다. 지금은 아버지의 외도보다 시노부가 걱정이다. 어쩔 수 없이 아버지와 함께 돌아오고 말았지만 시노부는 어떻게 되었을까?

503호 집에 들어가자 시원하게 냉방이 되어 있어 한숨을 돌릴 수 있었다.

"다녀왔어요?"

어머니 아유꼬가 나와서 "어디서 만났어?" 하며 물어본다.

"응, 역 근처에서. 그렇지, 아빠?"

"응, 그래. 딱 마주쳤어."

역 근처라고 하는 것은 거짓말이 아니다. 단지 항상 내리는 역 근처가 아니라는 것뿐이다.

"엄마, 시노부한테서 전화 없었어?"

"마미야? 아니."

"그래……? 알았어."

키요미는 자기 방으로 돌아와서는 가방에서 휴대전화를 꺼내 책상 위 충전기에 꽂았다.

시노부, 괜찮은 걸까? 역 앞으로 돌아와 키요미가 없어서 당황하고 있을지도 모른다. 시노부는 휴대전화가 없어서 전화해 줄 수도 없다. 부모님이 '필요 없다'고 안 사준다며 시노부는 몰래 살 방법은 없는지 궁리하고 있었다.

옷을 갈아입고 있는데 문을 열고 아버지가 얼굴을 내밀었다.

"아빠! 옷 갈아입는데 들여다보지 마."

"뭐야, 조그만 게."

떨떠름한 표정으로, 그래도 살짝 열린 문 밖으로 얼굴을 돌리고서 말한다.

"키요미. 확실히 아버지랑 타니다와는……. 그런 거야. 하지만 그냥 엔조이야. 알아줘. 그쪽도 어린애가 아니야. 서로 '엔조이'로밖에 생각하고 있지 않아."

키요미는 어이가 없어 웃음이 나오려는 것을 필사적으로 참았다.

아버지는 어머니에게 들키는 것이 두려워서 설명하고 있는 것이 아니다. 키요미가 아버지의 외도에 충격을 받았을 것이라 생각해 그쪽을 걱정하고 있는 거였다. 하지만 그렇게 생각하고 있는 거라면 생각하게 두고 싶다.

"지금은 어떻게 생각해야 좋을지 모르겠어."

키요미는 일부러 등을 보인 채 말했다.

"혼자 있게 해줘."

"응……. 그렇겠지. 미안하다. 아냐, 그 여자 탓이 아냐. 나쁜 것은 아버지야……. 미안하다."

"그만 됐어."

키요미는 그렇게 말하고, 아버지가 문을 닫자 소리 내지 않고 웃었다.

때마침 휴대전화가 울려 서둘러 받았다.

"여보세요, 키요미?"

"시노부! 괜찮아? 미안해."

"아아……. 괜찮아. 잘 들어갔구나."

"당연하지! 그게 말이야. 너 기다리는 사이에 아빠를 만나서……."

사정을 설명했지만 어쩐지 시노부는 듣는 둥 마는 둥,

"미안해. 또 전화할게."

라며 서둘러 끊어버렸다.

"뭐지, 지금?"

키요미는 어리둥절했다.

열일곱 살쯤 되면 사람은 웬만한 일로는 '평소와 다른' 행동은 하지 않는 법이다. 시노부가 그런 식으로 전화를 끊어버리는 것은 전혀 시노부답지 않다. 그리고 '답지 않은' 것에는 반드시 이유가 있다…….

역시 오늘밤 남자와의 사이에 뭔가 있었던 걸까? 키요미는 가방에서 남자와 시노부를 찍은 카메라를 꺼내어 필름을 되감았다. 뒷 커버를 열어 안의 필름을 꺼낸다. 남은 것은 이것을 현상

하고 시노부가 갖고 있는 명함이 있으면…….

"시노부, 명함 갖고 왔을까?"

키요미는 무심코 중얼거렸다…….

ㅎ. 변신

"키요미, 키요미."

계속 부르며 흔들어 깨우는 통에 깜짝 놀라 일어나니, 어머니 아유꼬가 조금 긴장한 표정으로 들여다보고 있다.

"무슨 일이야?"

한밤중이라는 것은 느낌으로 알 것 같다.

"마미야 어머니한테서 전화."

"시노부네?"

"시노부, 아직 안 들어왔대."

어머니의 그 말 한마디에 키요미는 눈이 번쩍 뜨였다.

서둘러 침대를 나와 거실에 있는 전화로 달려간다. 시계를 보니 새벽 2시를 지나고 있었다.

"여보세요, 키요미예요."

"시노부 엄마예요."

목소리가 떨리고 있다.

"미안해요. 이렇게 늦은 시간에……."

"시노부 안 들어왔어요?"

"오늘밤에 만났어요?"

"네, 그렇지만 9시 반쯤 헤어져서……. 곧장 돌아갔을 거라고만……."

"밤늦게까지 기다렸는데 전화도 없고……. 뭔가 짐작 가는 거 없어요?"

매달리는 듯한 어머니의 목소리는 키요미의 가슴을 찔렀다. 하지만 모든 걸 다 털어놓을 수는 없는 것이다.

"아무것도…… 없어요."

이렇게 이야기할 수밖에 없었다.

"그렇군……. 미안해요. 소란스럽게 해서."

"아니요……. 무슨 연락 오면 곧장 알려드릴게요."

"부탁할게요."

키요미는 살며시 수화기를 내려놓고는,

"무슨 일일까?"

라고 어머니를 보며 말했다.

"걱정이네."

하지만 아유꼬도 그 이상 달리 할 수 있는 말이 없다.

키요미는 방으로 돌아와서 침대에 걸터앉은 채로 잠시 동안 멍하니 있었다. 시노부가 키요미 휴대전화로 전화한 것은 바깥에서였다. 그런데 왜?

무슨 일인가 있었던 것이다.

키요미는 인정하고 싶지 않았다. 자기가 주도해서 그 '부업'을 하고 있었기에, 그 때문에 시노부에게 무슨 일이 생긴다면 책임을 느끼지 않을 수 없다. 그렇다고 해서 어딜 가 찾아야 좋을지도 모르겠고……

계속 생각만 하고 있어봤자 어쩔 방법이 없다. 침대로 들어가려고 했을 때 책상 위에서 휴대전화가 울리기 시작했다.

키요미는 달려들 듯 전화를 잡았다.

"여보세요! 시노부? 여보세요?"

흐느끼는 듯한 목소리. 그리고 중간중간 끊기며,

"키요미…… 무서워……."

"시노부! 어디야? 지금 어디야? 내가 갈게. 응? 당장 달려갈게."

"안 돼!"

시노부가 외치듯 말했다.

"키요미에게조차도…… 보여줄 수 없어……."

"무슨 말을 하는 거야! 친구잖아? 마법으로 개구리가 되었다고 해도 괜찮아. 어디야? 가르쳐 줘."

끈질기게 이어진 키요미의 설득은 시노부의 마음을 어느 정도

움직인 듯하다.

"저…… 호텔이야. 아직."

"거기? 뭐야! 방에 혼자야?"

"응."

"그럼, 금방 갈게. 기다리고 있어야 돼!"

"키요미……."

"울면 안 돼. 알겠지? 금방 달려갈 테니까."

전화를 끊고 키요미는 서둘러 잠옷을 벗어 던지고 청바지로 갈아입었다.

"키요미."

어머니가 말소리를 들었던 것인지, 문을 열어 키요미가 나갈 준비를 하고 있는 것을 보고 물었다.

"시노부니?"

키요미는 망설였지만 아니라고도 할 수 없었다.

"나한테 혼자서 와 달래."

"혼자서? 그래도 시노부 어머님이……."

"나도 알지만 나한테 혼자서 와 달라고 하잖아."

키요미가 황급히 말했다.

"응? 찾으면 연락할 테니까."

"그건."

"기다리고 있어!"

키요미는 휴대전화를 쥐고 방을 뛰쳐나갔다.

이걸로 된 걸까?

키요미는 생각했다. 택시를 타고 그 호텔로 향하면서 망설이고 있었다. 원래는 시노부네 집에 연락해서 부모님도 달려가도록 해야겠지. 하지만 그 호텔에 있다는 걸 알게 되면 어째서 그렇게 된 건지 말하지 않을 수 없게 된다.

그 결과는 키요미에게도 영향을 미친다. 솔직히 키요미 역시 혼나고 싶지는 않다. 만약에 시노부를 무사히 호텔에서 집으로 데리고 돌아간다면 어떻게든 다른 이야기를 꾸며내는 것도 불가능한 것은 아니다. 그것으로 시노부도 무사할 것이다……

"아, 저기서 내려주세요."

키요미는 역 앞의 그 광장 근처에서 택시를 세웠다. 역시 호텔 앞에서 택시를 세우는 것은 망설여졌다. 종종걸음으로 호텔로 향한다.

무더운 밤이다. 사실 하루 중 가장 시원한 시간일 텐데 전혀 기온이 내려갈 기미가 없었다. 호텔로 들어갈 때에는 땀이 나고 있었다.

프런트에 있는 사람에게 시노부에 대해 물어본다. 물론 어떤 방 손님도 이름 따윈 말하지 않기에 어디에 시노부가 있는지 알 수 없는 일이지만.

"무슨 일이 생긴 것 같아요. 부탁드릴게요! 찾아봐 주세요!"

키요미는 애원했다.

2시간이라고 하고 들어가서 나중에 '자고 가겠다'고 말한 방이 하나 있다고 한다. 다른 방은 처음부터 '숙박'으로 들어가 있다.

"거기일 거예요. 열어 주세요."

프런트 담당인 남자는 망설이다가,

"경찰까지 와서 시끄러워지면 아주 피곤하고…… 에이……."

하고 투덜거리면서 나왔다.

엘리베이터를 타고 2층으로 올라가 복도로 나왔다.

"꺄악!"

비명 소리가 났다.

깜짝 놀라 키요미가 달려가자 앞치마를 두른 객실 담당인 듯한 아주머니가 엉덩방아를 찧고 있다.

"시노부!"

라고 키요미가 외친 것은 본 적이 있는 옷차림의 뒷모습 때문이었다. 하지만 시노부는 그대로 복도 맨 끝에 있는 비상구로 나가 버렸다.

"시노부!"

키요미는 서둘러 뒤를 쫓았다. 시노부는 비상구로 나와 밖에 달린 비상계단을 통해 아래까지 내려가 달아났다.

"기다려! 나야!"

키요미는 정신없이 뒤쫓았다.

하지만 한밤중이기도 하고 원래부터 복잡한 길이다. 일단 놓치면 도저히 찾을 수가 없다.

키요미는 땀을 닦으면서 호텔 현관으로 들어갔다.

2층으로 올라가 보니 아직 객실 담당 아주머니는 엉덩방아를 찧은 채로 새파랗게 질린 얼굴을 하고 있다.

"무슨 일이에요?"

키요미가 묻자,

"너…… 그 여자 알아?"

하며 되묻는다.

"네……. 같은 반 친군데요."

"같은 반 친구? 무슨 소릴, 그럴 리가 없어!"

라고 화난 듯 말했다.

"왜 그러세요?"

"그 여자, 그런 젊은 애와 같은 옷차림을 하고서 얼굴은 주름이 가득했어."

"설마."

"정말이야! 그래서 놀란 거잖아."

라고 말하며 겨우 일어섰다.

"정말 무서웠어!"

"그럼 다른 사람인가 봐요."

"머리도 반 이상이 하얘서 섬뜩했어."

그럼 방금 그 사람은 시노부가 아니었던 것이다. 그렇다면 시노부는 어디로 간 걸까?

방문이 열리고 프런트 남자가 가방을 갖고 나왔다.

"이게 놓여 있었어. 네 친구 거야?"

"맞아요!"

키요미는 그 가방을 받아 들어 안을 살펴보았다.

"그럼 갖고 돌아가 줘. 이상한 일에 말려들기 싫으니."

"안에 없어요?"

"그럼 직접 들어가 보든지."

재촉하자 키요미는 그 방으로 들어갔다. 물론 찾는다고 해도 그럴 만한 크기는 아니다. 시노부가 없는 것은 물론이고 가방 이외에는 아무것도 남아 있지 않았다.

"남자가 언제 나갔는지 모르세요?"

키요미는 프런트의 남자에게 물었다.

"글쎄. 그런 출입이 눈에 안 띄는 것이 이런 호텔 아니겠어?"

맞다. 남자가 말하는 대로이다. 시노부가 아닌 다른 여자? 그러나 뒷모습이기는 하지만 키요미가 보기에는 그 여자가 입고 있던 것은 시노부의 옷 같았다.

그런데 '주름이 가득' 한 얼굴에 '머리가 하얘서' 라니……. 그게 시노부일 리가 없다. 그럼 도대체 무슨 일이 있었던 거지?

"자, 빨리 나가줘."

프런트 남자가 재촉한다.

"손님이 밀렸어. 아주머니! 빨리 시트 교환해 줘요."

"네네."

객실 담당 아주머니가 쭈뼛쭈뼛 들어와, 그러면서도 침대를 재빨리 치우기 시작한다.

키요미는 욕실을 들여다보았다. 바닥이 젖어 있다. 샤워기에서는 물방울이 떨어지고 있었다. 세면대를 보고 키요미는 문득 달라붙은 머리카락을 한 올 집어 들었다.

긴 머리카락으로 딱 반 정도가 새하얗게 되어 있고 나머지는 새까맣고 윤기가 있다. 이 머리카락의 감촉. 시노부의 머리카락 같다고 생각했다.

"이봐, 나가 달라고!"

고함 소리에 키요미는 당황하여 머리카락을 자기 주머니에 넣었다.

"실례했습니다."

일부러 정중하게 말해주고 호텔을 나왔다. 하지만 가방만 찾아서는 어떻게 할 방법이 없다.

"맞아. 명함."

상대 남자의 명함을 빼냈을까?

가방 안을 살피자 명함이 한 장 나왔다. 이건가?

'쿠라따 토모야스' 라고 되어 있다. 직장은 〈Y재단〉이라고만 되어 있고 자세한 것은 아무것도 나와 있지 않다. 하지만 일단 전화번호가 있으니 연락은 될 것이다.

다만 문제는, 이 남자에 대한 것이나 호텔에서 시노부가 도망친 것을 시노부의 부모님께 어떻게 이야기할 것인가 하는 것이다.

물론 시노부 신변의 안전을 생각하면 학교의 처분 따윌 걱정할 때가 아니다. 키요미도 그런 각오는 하고 있었다. 광장까지 나와서 키요미는 발을 멈췄다.

"꺄악!"

순간 한 여자애가 비명을 지른다.

순식간에 광장 한 구석이 밝아졌다.

"불을 붙였어! 자기가 불을 붙였다고!"

히스테릭해진 여자애가 소리를 지르고, 함께 있던 남자애는 여자애를 내버려 두고 도망쳐 버렸다.

타고 있었다. 광장 한 구석에서. 화염 덩어리가 서서히 무너지는 중이었다.

저건 사람이다!

키요미는 공중전화로 달려갔다.

문이 열렸다.

시노부의 부모가 비틀거리며 나온다. 복도의 긴 의자에 앉아 있던 키요미와 아버지 사야마 슌지는 일어섰지만, 시노부의 부모에게 말을 걸 엄두는 내지 못했다.

"감사합니다. 일부러 와 주시고."

시노부의 아버지가 떨리는 목소리로 말했다.

"아니요……."

사야마도 어떻게 말해야 할지 몰라 하고 있다.

"어떤가요?"

키요미가 묻는다.

"보기만 해서는 모르겠어. 심하게 타버려서……."

"가솔린을 부어서 스스로 불을 붙였데요! 어쩜 그런 일을……. 불쌍하기도 하지……."

어머니가 울기 시작한다.

"지금 치과의사에게 확인받을 수속을 밟고 있어."

"그렇군요……."

"입고 있던 것도 타버렸지만 그 애 것 같은 느낌은 들어. 액세서리 종류나. 어쨌든 우리는 조금이라도 희망이 있는 한 포기하지 않을 거예요."

"네……."

키요미는 조심조심 시노부의 가방을 내밀었다.

"이거……. 시노부 것일 거예요."

"아……."

아버지가 받아 들고,

"일부러 가져와 줘서 고마워요."

라고 인사를 했다.

"그렇지만 그 애가 어째서 그런 곳에? 믿을 수가 없어!"

어머니가 눈물을 손수건으로 훔치며 말했다.

"키요미 말해줘. 뭔가 알고 있지?"

"저⋯⋯."

키요미도 우물거린다.

"지금 이런 데서⋯⋯ 그만해."

아버지가 아내를 붙잡으며 다독거렸다.

"시노부에게도 자기의 생활이 있었던 거야."

"당신."

"아무튼 연락을 기다리자고."

시노부의 아버지는 아내의 어깨를 감싸 안고 먼저 돌아갔다.

사야마는, "우리도 돌아갈까"라고 말했다.

"응⋯⋯."

"사람을 잘못 본 거라면 좋겠는데."

"응."

아버지가 운전하는 자동차를 타고 집으로 향한다. 여름의 아
침은 완전히 밝아오고 벌써 햇볕도 강해지고 있었다.

"아빠."

키요미가 말했다.

"응?"

"학교에 불려 갈지도 몰라."

"그럴까? 뭐 때론 한 번쯤 그런 일이라도 없으면 하루하루가 따분하지 않겠어?"

라고 말하며, 사야마는 웃었다.

키요미는 아버지의 말이 기뻤다.

혹시 그게 시노부였다면. 도대체 어떻게 생각해야 하는 걸까?

그 명함의 '쿠라따 토모야스'라는 이름과 필름에 찍혔을 터인 얼굴. 키요미는 어쨌든 이대로 끝낼 생각은 없었다.

"아빠, 배고프다. 어디에서 가볍게 식사하고 갈래요?"

키요미가 말했다.

"나도야."

사야마는 안심한 투로,

"요 앞에 24시간 하는 레스토랑이 있는데, 거기로 갈까?"

라고 말한다.

"응."

차는 차선을 옮겨 속력을 낮추었다.

6. 계획

"도쿄 같은 곳이 어디가 좋다는 거야?"

신칸센 플랫폼에 내려서 하쯔꼬가 처음으로 입 밖에 낸 소감이다. 플랫폼에서 반사되는 열기와 열차에서 내뿜는 열기가 섞여 덮쳐 온다.

이 찌는 듯한 더위! 하쯔꼬는 벌써 도쿄에 온 것을 후회하기 시작했다. 그렇다고 이대로 유턴해서 돌아갈 수도 없다. 플랫폼에서 내려가기 위해 여행 가방을 손에 들고 걷기 시작했다. 그때,

"실례합니다."

한 남자가 불러 세워,

"사와이 사또꼬 씨의 언니?"

라고 묻는다.

하쯔꼬는 거의 반사적으로 대답했다.

"그런 이름 아닙니다. 사와이 하쯔꼬라는 이름이 있습니다."

"아…… 이거 죄송합니다."

그 남자는 미소를 지었다. 이렇게 더운데 양복에, 넥타이까지 매고서도 꽤 시원스러운 얼굴을 하고 있다.

"아니요."

하쯔꼬도 한발 물러나,

"저야말로 실례했습니다."

라고 말한다.

"저는 쿠라따라고 합니다. 〈Y재단〉에서 일하고 있습니다. 편지를 보낸 것은 접니다."

"사또꼬가 아니고요?"

하쯔꼬는 당황하며 물었다.

"아, 물론 여동생 분의 뜻입니다. 단지 직접 쓰는 것이 귀찮다고 하셔서 제가 대신 썼습니다."

"사또꼬도 참……. 죄송해요. 언제 어느 곳에 가도 엽서 한 장 안 보낸다니까요. 그 애는."

"뭐 이래저래 노느라 바쁘실 겁니다. 좌우간 유명인이니까요."

쿠라따는 태연하게 하쯔꼬의 여행 가방을 재빨리 잡아채며 말했다.

"자, 차가 기다리고 있습니다. 가시죠."

"아, 저 제가……."

"아무리 그래도 여성분께 짐을 들게 하고 빈손으로 걸을 수는 없습니다. 자, 플랫폼은 더워요. 빨리 벗어납시다."

"역시 더운가요?"

계단을 내려가며,

"조금도 더워 보이지 않아서요."

라며 말을 이었다.

"덥고 말고요. 이러고 집에 돌아가면 팬티 한 장만 입고 아무렇게나 뒹굴다가 결국 감기에 걸리기도 합니다."

하쯔꼬는 자못 진지한 얼굴을 한 쿠라따라는 남자의 말투가 우스워서 웃기 시작했다. 쿠라따도 즐거운 듯이 살짝 웃었다.

"웃을 기운이 있으면 다행입니다."

"다행이라니요?"

"디스코나 노래방에 갈 충분한 에너지가 있다는 말입니다."

하쯔꼬는 질려서,

"저, 그러려고 온 게 아닌데요."

라고 말하는 동안, 쿠라따는 '덥다' 고는 하면서 하쯔꼬도 당황할 정도의 걸음걸이로 성큼성큼 역 통로를 지나간다. 놓치지 않도록 필사적으로 쫓아가야만 했다.

역 구내는 플랫폼보다 훨씬 나았고 밖에 나가도 아까와 같이 후끈하는 불쾌감은 없었다.

"자, 이 차입니다."

라고 말하는 순간 하쯔꼬는 깜짝 놀랐다. 영화 속에서나 볼 법한, 그것도 조폭의 두목이 타고 있을 듯한 기다란 차체의 리무진이 서 있었던 것이다.

"이걸 타는 거예요?"

"네. 저는 앞에 타고 있겠습니다. 편하게 쉬십시오."

"네에⋯⋯."

하얀 장갑의 운전수가 문을 열어 주어 하쯔꼬는 차에 탔다.

"기다리고 있었어."

안에서는 사또꼬가 생글생글 웃으며 다리를 꼬고 있다.

"사또꼬⋯⋯."

"그렇게 놀라지 마."

사또꼬는 웃으며,

"우리 둘뿐이야. 편히 앉아."

라고 말했다.

서로 마주 보는 좌석. 운전석과는 구분되어 있고, TV나 음료수를 담은 캐비닛이 있다.

차가 미끄러지듯 움직이기 시작했다.

"언니, 기분 좋지?"

사또꼬가 말했다.

"우리 집의 낡아빠진 차와는 진짜 달라."

하지만 하쯔꼬가 놀라고 있던 것은 차 때문이 아니다. 차에도 놀랐지만 그것보다도 동생의 딴 사람 같이 변한 모습에 어안이 벙벙했던 것이다.

"그렇게 빤히 쳐다보지 마."

사또꼬는 짧게 자른 머리에 손을 대며,

"이상해?"

라고 묻는다.

"미용실 갔었어?"

하쯔꼬는 당연한 말을 할 뿐이었다.

"아빠도 엄마도 화나 있겠지?"

"화났다고 할까……. 뭐, 알잖아?"

"응, 짐작은 가."

사또꼬는 끄덕이며 말했다.

"하지만 나 역시 다른 고등학생처럼 나도 즐거운 여름방학을 보내고 싶단 말이야."

"알고 있어."

하지만 본 적이 없는 명품 원피스로 몸을 두른 사또꼬는 어떻게 보아도 '다른 보통의 고등학생'이라고는 말할 수 없었다. 게다가 손톱에는 매니큐어를 바르고, 옅기는 하지만 화장을 하고 있고, 귀에는 은색의 피어스가 흔들리고 있다.

"귀고리 했네. 귀 뚫었어?"

"응, 간단해. 언니도 해볼래?"

사또꼬는 캐비닛을 열었다.

"뭐 마셔? 콜라?"

냉장고였다.

"목마르네. 콜라 줘."

사또꼬가 멋대로 도쿄에 나온 지 벌써 일주일이 지나고 있었다. 마을에서는 야나기다 코치 밑에서 내년 올림픽을 목표로 한 연습이 시작되었다. 그 선수들 중에 사또꼬의 모습이 없는 것이 마을 사람들의 입에 오르내리고 있었다.

하쯔꼬는 어머니가 시켜서, 하루빨리 돌아와서 연습에 참가하라는 말을 전하러 온 것이다.

사또꼬가 잔에 콜라를 따라주고, 둘은 마시기 시작했다.

"알고 있어. 빨리 연습에 참가하라는 거잖아."

"뭐, 그렇지."

하쯔꼬는 콜라를 한 번에 거의 반 가까이 마시고 숨을 내쉬었다.

"코치가 단단히 화가 났어."

"화가 난 건 이쪽이야."

"어째서?"

사또꼬는 열차 안에서 야나기다가 사또꼬 이외의 아이들을 모아 놓고 이야기한 것을 설명했다.

"그러니까 이제 야나기다는 나 같은 건 전혀 기대하고 있지 않

아. 나는 매스컴용 간판인 거라고."

사또꼬의 어조에 분노가 느껴지지 않는 것에 오히려 하쯔꼬는 가슴이 아팠다. 보통의 고등학생이라면 발끈해서 덤벼들거나 울 텐데.

하지만 사또꼬는 식어 있었다. 열다섯 살 때의 영광으로부터 3년. 사또꼬는 '사람을 믿지 못하는 것은 당연하다' 라는 인생 철학을 갖추고 있었다. 하쯔꼬는 그런 여동생의 마음을 생각하니 가슴이 아픔과 동시에 자신이 마음 한구석에서 생각하고 있는 것을 알아차렸다.

'그래도 너는 괜찮잖아? 적어도 정상의 맛을 한 번은 봤으니까.'

'사와이 사또꼬 씨의 언니' 라고 불려서 반사적으로, '그런 이름이 아니다' 라고 대답한 것을 떠올리고 있었다. 이미 옛날에 그런 굴절된 생각은 떨쳐냈다고 생각했는데…… 단순한 '조건 반사' 인가, 그렇지 않으면 아직 무의식의 세계에 여동생에 대한 굴절된 마음을 품고 있는 것일까…….

온 동네에서, 파티에서, 역 플랫폼에서,

"사와이 사또꼬 씨의 언니."

라고 몇 번이나 불렸던가. 그런 일이 거듭될수록 점점 하쯔꼬의 가슴에는 그 말이 칼날처럼 꽂혔다…….

"무슨 생각하고 있어?"

사또꼬가 물었다.

"아무 생각도······."

하쯔꼬는 고개를 저었다.

"아빠 엄마한테 어떻게 설명할까 해서."

"그냥 내버려 두면 돼. 어떻게 생각할지 그런 건 우리가 걱정해 봐야 아무 소용이 없잖아."

사또꼬는 완전히 단정적으로 생각하고 있었다.

"그보다 사또꼬, 어떻게 이런 차에 타고 있는 거야?"

"맞아 맞아! 그 얘기 해줄게!"

사또꼬가 이야기를 꺼내려는 순간,

"곧 점심 먹을 장소입니다."

라는 쿠라따의 목소리가 들려왔다.

"아! 맞다. 언니도 갈아입어!"

"뭐? 이런 차 안에서? 가방도 트렁크에 있어."

"아니! 거기 좌석 아래에서 상자를 꺼내. 어, 그거. 열어 봐."

연한 파란색 원피스가 들어 있는 것을 보고 하쯔꼬는 말끝을 흐렸다.

"이거······."

"언니 걸로 준비해 놨어. 자 빨리 갈아입어!"

"그래도······."

"빨리 하지 않으면 도착해 버려!"

사또꼬가 재촉하자 하쯔꼬는 영문도 모른 채 차 안에서 옷을 갈아입어야 하는 처지가 되었다……

　넓은 호텔 로비에는 밝은 빛이 넘치고 있었다. 대리석 바닥에
천장의 창문에서 비쳐 들어오는 한여름의 햇빛이 반사되어 하얗
게 빛나고 있었다.

　"자, 안쪽의 레스토랑으로."

　쿠라따가 앞에 서서 안내한다.

　"쿠라따 님."

　프런트의 남자가 불렀다.

　"나 말이야?"

　"전화가 와 있습니다."

　쿠라따는 조금 의아해 하며 미간을 찌푸렸지만 사또꼬와 하쯔
꼬에게,

　"잠시 기다려 주십시오."

라고 말하고 프런트의 전화를 받았다.

　"여보세요? 오래 기다리셨습니다. 쿠라따입니다. 여보세요?"

　전화는 뚝 끊겼다.

　"왜 그러십니까?"

　"끊어졌어. 이름을 말했나?"

　"아니요. 젊은 여성분 같았습니다만."

　"그렇군……. 고마워."

쿠라따는 평소의 웃는 얼굴로 돌아와,

"오래 기다리셨습니다. 자, 이쪽입니다."

라며 둘을 안내해 갔다.

로비 모퉁이의 전화박스에서 나오자 사야마 키요미는,

"저게 쿠라따구나."

라고 중얼거렸다.

사진의 얼굴도 일단은 분간할 수 있었지만 밝은 장소에서 좀
더 확실하게 보고 싶었다. 키요미는 별로 사람이 없는 라운지로
들어가 홍차를 부탁했다. 그러고서 가볍게 한숨을 돌리고 밝은
옥외의 정원을 바라본다.

9월 신학기까지 이제 일주일 하고 조금밖에 남지 않았다. 키요
미 자신도 학교에 있을 수 있을지 어떨지 알 수 없었다. 그 분신
자살한 사체가 마미야 시노부임에 틀림없다고 확인이 되어, 키
요미는 둘이 하고 있었던 '부업'에 대해서도 부모님에게 밝힌
것이다. 경찰의 수사는 어디까지나 '자살'에 관한 것으로, 키요
미에 대해선 특별히 조사도 하지 않았다.

하지만 부모님과 함께 학교에 불려가 당연하지만 언짢아하는
얼굴의 교장과 교감으로부터 엄중한 주의를 받았다. 처분에 대
한 최종적 결정은 여름방학이 끝나고 나서라고 했지만, 학교 측
도 사건이 공공연하게 알려지는 것을 걱정하고 있다.

학생의 자살, 그리고 적절치 않은 용돈벌이.

아마 이대로 사건은 흐지부지 끝나버릴 거라고 키요미는 생각하고 있었다.

하지만 그때의 남자 사진과 명함은 끝까지 감췄다. 그리고 호텔 객실 담당 아주머니가 말한 것도……. 무슨 일이 있었는지 모르겠지만 시노부는 '살해당한' 것이다. 자살하는 데 그런 방법을 선택한 것은 '자신의 모습을 보이고 싶지 않다'라는 이유 때문이 아니었을까.

"시노부……."

천천히 홍차를 마시면서 키요미는 중얼거렸다.

"미안해……."

만약 그때, 십 엔짜리 동전으로 결정하지 않았더라면, 반대쪽을 골랐더라면, 죽은 것은 키요미 쪽이었을지도 모르는 일이다.

도대체 쿠라따라는 남자는 어떤 사람일까?

이런저런 생각에 잠겨 있는 동안 라운지에는 두 명의 남자가 들어왔다. 아니, 한 명은 남자 같은 모습을 하고 있지만 여자다. 네모난 큰 가방을 안고 있다.

"그럼 저 코너에서."

"응, 도면을 펼칠 거니까."

"쿠라따 씨에게는?"

"어, 연락해 놨어. 이제 곧 오겠지."

키요미는 가까이 귀를 기울였다.

쿠라따? 그 쿠라따일까?

무언가 미팅이 있다면 여기서 만나는 것은 자연스러운 일이다. 그리고 조금 뒤 실제로 쿠라따가 라운지에 들어왔을 때 컵을 든 키요미의 손이 떨렸다…….

"쿠라따 씨, 안녕하세요?"

남자 쪽이 말했다.

"어, 좋은 계획이 있었나?"

쿠라따는 두 명의 테이블에 합석했다. 키요미는 쿠라따를 비스듬히 뒤로 맞대고 있는 자세여서 얼굴을 보이지 않아도 되는 것이 다행이었다. 이야기를 듣고 있는 것을 못 알아차리도록 가방에서 수첩을 꺼내서 편다.

"이쪽은 플래너인 에가미 씨입니다. 젊지만 상당히 센스가 있는 사람입니다."

"에가미 유까리라고 합니다."

그 여자가 명함을 쿠라따에게 건넨다.

"안녕하세요? 아, 명함은 두고 와서."

가방 안에 쿠라따의 명함이 한 장 들어 있다. 키요미는 그것을 가져가서,

"여기에 있습니다."

라고 말해주고 싶은 기분이었다. 우연의 장난 같은 상황에 조금 흥분하고 있다.

"이번 파티의 계획입니다만."

에가미 유까리라는 여자가 테이블에 도면을 펼친다.

"자택에서 하시는 파티라고 들었습니다."

"그래. 야스나가 님은 바깥에 잘 나가시지 못해. 생신 파티도 저택 안에서 하는데 부지가 육백 평쯤 되니 충분하겠지?"

라며 쿠라따가 웃는다.

"그야 물론이지요……. 정원이 주 파티장이 됩니까?"

"아니, 야스나가 님은 저택 안에 계실 거라고 생각해. 정원은 손님들이 기분 전환 하러 나올 수 있도록 해두고 싶고, 메인은 저택 안이야."

"알겠습니다. 그럼…… 죄송합니다만, 저택 안을 한번 봐도 괜찮겠습니까?"

"그렇지. 당연히 보고 싶겠지. 아마…… 1층 부분은 안내해 줄 수 있어. 단지."

쿠라따는 갑자기 엄한 어조로,

"저택 안 모습 같은 건 결코 발설하지 않을 것. 약속할 수 있겠나?"

"네, 물론입니다."

"혹시 누군가에게 한마디라도 발설하면 자네는 두 번 다시 이 업계에서 일을 할 수 없게 될 거야. 잘 명심해 두게."

"네."

듣고 있던 키요미가 한순간 오싹할 만한 어조였다. 겉으로 온화해 보이는 쿠라따의 진짜 얼굴을 그 짧은 순간에 엿본 것 같았다…….

"기본적인 계획입니다만, 파티장의 넓이에 따라 세 가지로 생각해 보았습니다……."

에가미 유까리는 프로답게 군더더기 없는 기세로 이야기를 계속했다. 이야기는 한 시간여나 계속됐을까.

"아르바이트 할 사람들이 필요하다고 생각합니다."

에가미 유까리가 말했다.

"어찌할까요? 파견 회사에서라도?"

"아니, 요리를 내거나 하는 것은 이 호텔에서 사람을 준비하니까 괜찮아. 그것보다 여자애들을 모아줘."

쿠라따는 말했다.

"여자아이 말입니까?"

"그렇다고 해서 호스티스를 시킨다는 얘기는 아니야. 다만 아무래도 손님들은 연배가 있으신 분들이 중심이라서. 분위기를 밝게 하기 위해서라도 어린 여자애들이 많이 필요해."

"어리다고 하시면…… 몇 살 정도의 아이를 생각하고 계십니까?"

"그래……. 열여섯 살에서 열여덟 살."

"고등학생이군요. 물론 모으는 것은 어렵지 않습니다만 무언가 기준은? 이런 것을 할 수 있다든지…….”

“아니, 분위기 메이커야. 아무것도 하지 않고 먹고만 있어도 돼. 귀여운 아이를 20~30명 모아줘.”

“알겠습니다.”

에가미 유까리는 메모를 했다.

귀여운 아이 20~30명.

쿠라따가 그렇게 말하는 것을 듣고 키요미는 오싹해졌다.

“쿠라따 씨.”

라운지로 누군가 들어왔다. 열일고여덟 살의 여자아이다. 키요미는 슬쩍 돌아보고, ‘어딘가에서 본 적이 있다’라는 생각이 들었다.

“아, 벌써 점심은 다 드셨습니까?”

“네, 지금 모두 이쪽으로 나오고 있어요.”

“죄송합니다. 바로 가겠습니다.”

그러고서 에가미 유까리 쪽에는,

“그럼 저택에 오는 날을 정해 두지.”

라며 수첩을 꺼냈다.

“지금 그분은…….”

에가미 유까리가 그 소녀를 눈으로 쫓으며 말했다.

“사와이 사또꼬가 아닙니까? 그 수영의.”

그런가. 키요미도 겨우 생각해냈다.

"그래, 지금 야스나가 님의 손님이야."

쿠라따는 "이것도 비밀이야, 알았지?"라고 덧붙였다.

"네, 그럼 빠른 편이 좋다고 생각하니 내일이라도 찾아뵙고 싶습니다만."

"좋아. 이쪽으로 연락해줘."

쿠라따는 메모를 에가미 유까리에게 건네고 일어섰다.

"그럼 나는 여기서."

"네. 저, 한 가지 더. 미리 상의 드리고 싶습니다만, 모임의 명칭은 '야스나가 마사또시 님의 생신 모임' 이런 정도 괜찮겠습니까?"

"'버스데이파티'로 하지. 기껏해야 아직 올해로 열세 살이니까."

"알겠습니다."

쿠라따가 빠른 걸음으로 라운지를 나간다.

열세 살? 열세 살의 생일 파티를 그렇게 대대적으로 하다니! 키요미는 일어서서 라운지를 나가 그 에가미 유까리라는 여자가 나오기를 기다리고 있었다. 남자가 먼저 돌아가고 조금 늦게 에가미 유까리가 나온다.

"저……"

키요미가 말을 걸었다.

"나?"

"네. 지금 저기 라운지에서 옆자리에 있었습니다만······. 그 아르바이트, 저를 써주시지 않겠습니까?"

귀여운 아이 20~30명. 키요미는 선택 받을 자신이 있었다.

"고등학생?"

"열일곱 살이에요."

"괜찮네."

에가미 유까리는 미소 지으며 명함을 건넸다.

"서둘러서 모으지 않으면 안 돼. 혹시 할 만한 사람이 있으면 다른 사람도 소개해줘."

됐다!

키요미는 명함을 받았다.

"전화할게요."

"오늘밤에 한번 걸어줘. 밤중에, 늦게가 좋아. 오전 2시쯤이라면 있을 거야. 그럼."

에가미 유까리는 서둘러 가버렸다. 키요미는 야스나가 마사또시는 어떤 사람일까 하고 생각했다. 그리고 사와이 사또꼬가 어째서 그 아이 옆에 있는 것일까?

키요미는 가방에 명함을 넣고, 목적을 가지고 있는 사람의 당당한 발걸음으로 호텔 로비를 가로질러 갔다.

7. 유혹

"수고했어."

야나기다가 격려의 말을 한다.

"감사합니다."

힘찬 목소리가 수영장 사이드에 울린다.

야나기다는 수영장 안쪽의 사무실에 들어가서 약속했던 전화를 걸었다.

"음, 야나기단데. 음, 바쁘지, 물론!"

"대충은 들었습니다만……."

"사와이 사또꼬 말인가?"

상대가 말하기 전에 자신이 말해버리려는 듯이,

"그 아이는 조금 쉬도록 했어. 요 3년간 계속적인 압박으로 지쳐 있단 말이야. 지금은 쿠로끼 노조미가 팀을 이끌고 있어. 그 아이는 더 성장할 것 같아."

"실은 나흘 뒤에 N신문의 파티가 있어서요. 그쪽 사장이 사와이 사또꼬의 열성팬입니다. 같이 와 주실 수 없을까 해서……."

"사또꼬하고?"

"네, 어떠신가요?"

야나기다는 잠시 생각하다가,

"어때? 쿠로끼 노조미를 같이 데려가도 괜찮겠나? 그 아이도 좀 그런 장소에 익숙해지도록 해주고 싶은데."

"물론 괜찮습니다. 사와이 사또꼬만 데려와 주신다면."

상대는 수영메이커의 영업맨이다. 야나기다가 도쿄에 가면 여기저기에서 술 접대를 하곤 했다.

"그리고 돌아오는 길에 잠시 하꼬네에 들리고 싶어. 2~3일 정도로."

"좋습니다. 호텔을 잡죠."

"부탁하네. 그럼 자세한 것을 알려줘."

"팩스를 넣겠습니다. 부탁드립니다."

전화를 끊자 사무실 문이 열리고 쿠로끼 노조미가 수영복 차림으로 타월만 어깨에 걸치고 들어왔다.

"무슨 일이야?"

"다음 주 금요일 연습 때문에요."

노조미가 말했다.

"집에서 제사가 있어서요. 저녁에는 끝나지만."

"음, 알았어. 그날은 일반 연습이고 취재도 없어."

라며 고개를 끄덕인다.

"코치님……, 사또꼬 선배에 대해서 알아내셨어요?"

노조미는 야나기다의 옆으로 와 말을 했다.

"괜찮아. 잘 있어. 하쯔꼬가 지금 만나러 가 있어. 조만간 뭔가 소식이 올 거야."

"그래요……."

"그것보다 도쿄의 파티에 같이 가자."

"같이?"

"둘이서, 어때?"

"괜찮겠어요?"

"물론이지. 지금은 네가 리더니까 말이야."

"네."

노조미는 눈을 반짝이며 말한다.

"갈게요!"

"좋아."

야나기다는 일어섰다.

"모두 돌아갔어?"

"네."

야나기다가 노조미를 끌어안는다. 축축한 수영복이 차가웠지만 노조미는 상관하지 않고 야나기다에게 안겼다.

"코치님……."

노조미는 숨을 거칠게 내쉬었다.

"너는 귀여워."

"사또꼬보다?"

"그만둬. 그 녀석은 내 말 같은 거 안 들어."

"사또꼬를 안은 적은?"

"없어."

"정말?"

"그래."

야나기다는 노조미에게 키스하고,

"도쿄에서 돌아오는 길에 하꼬네에 들릴 거야. 구실은 어떻게든 만들 수 있겠지?"

"너무 좋아요."

노조미는 힐끔 문 쪽을 보고 서둘러 잠그러 갔다.

"노조미, 괜찮아?"

야나기다가 말했다.

"이렇게 젖어서, 감기 걸려."

"그럼 따뜻하게 해줘."

노조미는 수영복 어깨끈을 풀었다.

20분 정도의 시간이 순식간에 두 사람의 주위를 스쳐지나갔다.

"자, 이제 집에서 걱정할 테니 돌아가야겠다."

야나기다는 소파에서 일어나며 말했다.

"네. 즐거웠어요!"

노조미의 웃는 얼굴에는 구김살이 없다.

야나기다는 노조미가 수영복 입는 걸 기다렸다가,

"가자."

라며 문을 열었다.

눈앞에 사와이 노부요가 서 있었다.

"어, 안녕하세요?"

야나기다가 말했다.

"핫쯔꼬가 전화로…… 사또꼬와 만났다고 알려 왔어요."

노부요의 목소리는 떨리고 있었다.

"먼저 실례하겠습니다."

노조미가 옆을 빠져나갔다.

"도쿄에 가서 파티에 나가야 해."

야나기다는 눈을 피하며 말했다.

"사또꼬와 연락할 수 있나?"

"글쎄요……."

"어떻게든 찾아줘. 부탁해."

"당신은…… 당신은……."

노부요가 울면서 그 자리에 주저앉아 버린다.

"일어서. 누가 오면 어떡해."

"저 아이는 아무렇지도 않나요?"

"그건……."

"알고 있어요."

노부요는 비틀거리며 일어섰다.

"그야, 모두 젊고 건강한 아이들이니까요."

"질투하지 마. 나는 그런 게 싫단 말이야."

야나기다는 차갑게 말했다.

"자, 이제 문 잠그게 나가."

"예에……."

노부요는 크게 숨을 몰아쉬며 말했다.

"여자 쪽이 바보지."

"무슨 소릴 하는 거야. 너도 남편이 있고."

"그래서 뭐?"

노부요는 야나기다를 노려보며,

"더 이상 당신 장난감은 되지 않을 거야!"

라고 내뱉고는, 빠르게 자리를 떠났다.

물과 소독약 냄새가 가득한 가운데 수영장의 작은 파도가 찰싹찰싹 소리를 내고 있었다.

겨우 5살 차이니까요…….

그렇게 말하며 그 여자 야스나가 테루꼬는 웃었다.

사또꼬도 같이 점심을 먹으면서 웃고 있었다. 하지만 하쯔꼬는 웃지 않았다. 겉으로는 웃어 보였는지도 모른다. 스스로도 잘 기억이 나진 않지만 적어도 웃을 기분은 아니었다.

"사또꼬."

하쯔꼬가 말했다.

"사또꼬, 아직 안 자?"

조금 있다가,

"뭐?"

라는 잠이 덜 깬 듯한 대답이 돌아왔다.

정말 방이 너무 넓어서 이야기하기에도 참으로 불편하다. 하쯔꼬는 침대에서 내려와 옆에 있는 사또꼬의 침실로 들어갔다.

"침대가 왜 이렇게 커."

하쯔꼬는 기가 질린 얼굴로 중얼거렸다.

"수영장에서 자고 있는 것 같아."

사또꼬와 하쯔꼬는 호텔의 스위트룸에 묵고 있었다. 물론 야스나가 테루꼬가 잡아준 것이다. 침실이 2개 있는데, 하쯔꼬가 자고 있는 곳은 트윈 침대. 그런데 침대 하나 크기만 해도 세미 더블의 크기.

사또꼬가 지금 목욕을 마치고 벌렁 누워 막 잠이 들려고 하는 것은 킹사이즈의 더블 침대로 어른 3명이 충분히 잘 수 있다. 아무리 사또꼬의 발육이 좋다 해도 손발을 쭉 뻗어본들 도저히 침대 끝까지 닿지 않는다.

"TV 보다가 잠든 거지?"

하쯔꼬는 사또꼬의 손에서 리모컨을 빼들어 켜져 있던 TV를 껐다.

"아, 기분 좋아! 그렇지, 언니?"

"응. 그래도 여기는 집이 아니야. 게다가 이 호텔비도 우리 돈이 아니고."

사또꼬는 머리를 흔들며 일어났다.

"무슨 말을 하고 싶은 거야?"

"언제까지나 이러고 있을 수는 없다는 거. 사또꼬, 나하고 같이 내일이라도 돌아가자."

"싫어!"

사또꼬는 입을 내밀며 비쭉거렸다.

"돌아가고 싶으면 언니나 돌아가."

"사또꼬……. 너, 고등학생이야. 수영이야 어찌됐든 학교 숙제도 있잖아. 여름방학은 이제 열흘 남았어. 이제 돌아가야 해."

사또꼬도 어느 정도는 이해하고 있는 듯 언니의 말에 획 하고 고개를 돌려버린다.

"게다가…… 사또꼬, 야스나가 씨가 우리들에게 정말로 잘해주시지만, 너에게는 결코 좋은 게 아니야."

하쯔꼬는 침대 구석에 앉으며 말했다.

"어째서? 귀를 뚫어서?"

"그것도 있지만 그것만이 아니야."

"미용실에 가서? 명품 옷을 입고 있어서? 바보 같아! 도쿄의 여고생이라면 모두 하고 있는 거야. 어째서 똑같은 걸 내가 하면 안 되는 거야?"

말할 틈도 안 주려는 듯이 쏘아붙이는 말투. 도리어 사또꼬 스스로 떳떳치 못하게 생각하고 있다는 것을 알 수 있다.

하쯔꼬는 한숨을 쉬었다. 아버지 어머니가, "당장 데리고 돌아와"라고 해서 온 마당에 이런 호텔에서 느긋이 놀고 있을 입장이 아니다.

"사또꼬. 알고 있잖아, 너도 자신이 어떤 일을 하고 있는지. 그 마사또시라는 아이를 구한 것은 훌륭하다고 생각해. 하지만 그 답례라고 해도 좀 지나친 거 아니야?"

사또꼬는 살짝 웃었다.

"언니, 설마 진심으로 생각하고 있는 건 아니지? 그 어머니가 말한 것."

"'다섯 살 차이밖에 나지 않는다'라는 것?"

"그래. 마사또시 군은 이제 열세 살. 나는 열여덟 살. 다섯 살 차이라면, '신부가 돼 주어도 좋겠네'래! 그 어머니 좀 이상한 사람이지?"

"그 사람 꽤 진심이었어."

하쯔꼬는 말했다.

"확실히 부자인 거지? 그렇지만 좀 이상해. 그렇게 생각하지 않아?"

사또꼬는 천장을 올려보며 계속 말했다.

"열세 살의 신랑이라! 하지만 굉장한 부자야. 언니, 뭐든 내 맘대로 하면서 살 수 있어."

"사또꼬. 너 도쿄에 와서 몇 킬로 쪘어? 살 빼는 건 힘들지만 살찌는 건 금방이야. 수영, 어떻게 할 거야? 코치가 뭐라고 하던 그건 무시하면 돼. 너 수영하는 거 좋아하잖아?"

"그렇다고 해서 하고 싶은 일을 무엇이든 참아야만 해?"

"그렇게 말하지 않았어. 너는 재능이 있어. 나는 좌절했지만."

"언니."

"응?"

"나도 수영하는 건 좋아해. 하지만 수영이 다가 아니야. 수영만으로 끝난다면 얼마나 좋게. 야나기다 코치만이 아니야. 현의 수영연맹이고 학교 교장 선생님이고 무슨 일만 있으면 날 끌어 낸다니까! 요전에는 수영연맹 회장 딸 결혼식에까지 갔어. 나, 만난 적도 없는 사람의 결혼식에서 어쩔 수 없이 연설도 했어. 나 스스로 뭐하는 건가 하는 생각도 들었어. 판다인지 그렇지 않으면 묘기라도 부리는 원숭이인지. 모두 나를 특이한 애완견이나 되는 것처럼 데리고 다니면서, '보십시오, 얘가 금메달리스트인 사와이 사또꼬입니다' 라며 자랑해. 정말 싫어."

"알아. 아니까 하는 말이야. 그런 일로 스스로를 망치면 안 돼. 네가 연습에 참가하지 않고 도쿄에서 놀고 있다는 것도 아직 매스컴에 들키지 않았지만, 머지않아 알려지면 뭐라고들 하겠어?"

"맘대로들 떠들라지. 내 알 바 아니니까."

사또꼬는 휙 하고 언니에게서 등을 돌려버렸다.

"사또꼬……."

"마사또시의 생일 파티가 있어. 그때까지는 도쿄에 있을 거야."

등을 돌린 채 한 마디 더 한다.

"언니는 돌아가지 그래?"

말해도 소용없다.

하쯔꼬는 일어서서,

"그럼 언제 또 천천히 얘기해 보자."

라고 말했다.

"잘 자."

"잘 자."

"빨리 자."

하쯔꼬는 그렇게 말하고 자신도 침실로 돌아왔다. 침대에 들어갔지만 점심 식탁에서의 그 모자의 일이 생각나 잠이 오질 않는다. 야스나가 테루꼬는 나이를 알 수 없는 이상한 여성이었다.

열세 살이라는 마사또시의 엄마치고는 아무리 봐도 예순에 가까운 늙은 인상이 있다. 아니, 쉰이라고 하면, 그런가 하고 생각하겠지만 화장이 짙어서 특히 그렇게 생각이 드는지도 모른다.

마사또시도 기묘한 소년이다. 거의 햇빛을 쫸 적이 없는 건가 생각될 정도로 창백한 얼굴을 하고 있다. 사또꼬가 익사할 뻔한 마사또시를 구한 것에 그 테루꼬라는 어머니는 지겨울 정도로 감사를 표하며,

"이것을 연으로 부디 이 아이와 사이좋게 지내 주세요."
라고 말했다. 그리고 또 이렇게 말한 것이다.

"사또꼬 같은 사람이 며느리가 되어 주면 좋겠네."
라고…….

마사또시는 열세 살 치고는 몸이 가늘고 약해 보이지만 동시에 어른스러운 분위기가 있는 소년이었다. 그것이 뭐 신기한 일은 아니다. 병약하면 독서나 다른 사람의 이야기만으로 머리만 큰 아이가 되는 경우가 있다.

하쯔꼬가 신경이 쓰인 것은 오히려 그 쿠라따라는 비서였다. 물론 비즈니스맨 같은 행동력이나 지성을 느끼게 하지만 동시에 어딘가 모를 차가움, 야스나가 테루꼬와는 다른 의미로 특이하다고 느끼게 한다. 그래도 극히 일반적인 화제를 꺼내 식탁을 거북하게 만들지 않았던 점에는 하쯔꼬도 감탄했다.

그렇게 보고 있는 하쯔꼬 자신도 조금은 특이한 스무 살일지

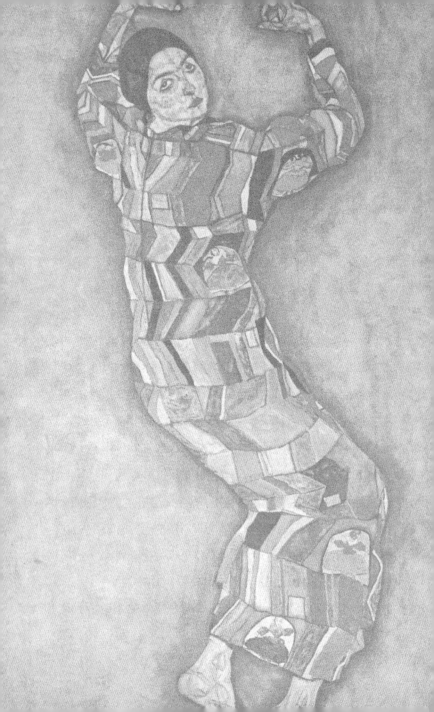

도 모른다. 그것은 역시 요 3년간 동생 일로 어른들에게 몹시 시달린 경험 탓일 것이다.

또 하나. 하쯔꼬는 착각이었나 하고 생각하기는 했지만, 식사하는 동안 테루꼬가 사또꼬와 이야기를 하고 있거나 하면 쿠라따의 눈이 어느 샌가 하쯔꼬를 보고 있었다. 그런 일이 몇 번이나 있었다.

설마! 나 같은 건 미인도 아니다. 사또꼬처럼 귀엽지도 않다. 남자애들한테 인기가 있었던 적도 러브레터를 받은 적도 없다. 스무 살이나 됐는데 남자친구도 하나 없고⋯⋯.

너무 지나친 생각이다. 이제 그만하자. 내일, 다시 한 번 사또꼬와 냉정하게 이야기해서 어떻게 할지 정하자⋯⋯.

하쯔꼬는 눈을 감았다. 아마 10분인가 15분쯤 지나 잠이 들었다. 그리고⋯⋯.

어느 정도 지났을까?

문득 눈을 뜨자 하쯔꼬는 반사적으로 시계를 봤다. 사이드테이블의 디지털시계가 '3:55'라고 표시하고 있다. 새벽 4시. 이제 곧 아침이다. 어째서 이런 시간에 깬 걸까 생각하고 있는데,

"그럼⋯⋯."

이라고 작은 목소리로 속삭이는 것이 들렸다.

"안녕히 주무세요."

사또꼬의 목소리다.

"잘 자."

"응."

"즐거웠어?"

"굉장히."

쿠라따의 목소리다.

하쯔꼬는 쿠라따가 '디스코나 노래방에' 라고 말했던 것을 생
각해냈다. 이런 시간에 사또꼬를 데리고 다니는 것이다. 하쯔꼬
는 발끈해서 당장에라도 뛰쳐나가줄까 하고 생각했다.

하지만 생각해 보면 사또꼬는 고등학생으로, 게다가 노는 것
을 거의 허락받지 못하고 지내 왔다. 밤에 나가서 즐기는 유혹을
거절하라고 말하는 것은 가혹할지도 모른다.

"그럼 잘 자."

쿠라따가 말했다.

"언니는 괜찮으려나?"

"언니는 일단 자면 안 깨."

"그렇군. 내일은 같이 데리고 가지 그래?"

"틀림없이 안 간다고 할 거야."

"해봐야 알지. 그럼 내일은 점심 지나서 봐."

"네……."

쿠라따는 돌아간 것 같다. 하쯔꼬는 잠깐 동안 침대에서 나가
지 않았다. 그러고 나서 조용히 침대를 빠져나와 사또꼬의 침실

쪽을 슬쩍 들여다봤다.

사또꼬는 그 넓은 침대 위에서 미니 원피스를 반 정도 벗은 모습인 채로 자고 있었다.

"정말……."

기가 막힌 하쯔꼬는 어지간하면 내버려 둘까 생각했지만 그래도 감기라도 걸리면 큰일이다. 원피스를 벗기고 담요를 몸 아래에서 빼내서는 어깨까지 덮어줬다. 사또꼬는 곤히 잠들어 눈을 뜰 것 같은 기색은 전혀 없다. 어지간히도 지쳐 있는 모양이다.

뭐든 내일 하자.

하쯔꼬는 자신의 침대에 돌아가려고 하다가 문득 생각이 나 서둘러 스위트룸의 문 쪽으로 가서, '방해하지 말 것'이란 팻말을 밖에 걸고, 문을 닫아 잠근 후 정확히 체인도 걸었다.

겨우 안심하고 하쯔꼬는 자신의 침대로 돌아왔다.

8. 배신

"코치님."

수영클럽의 젊은 여직원이 와서 부른다.

"저…… 손님 오셨습니다."

"조금만 기다려."

야나기다는 얼굴을 찌푸렸다. 한창 인터뷰를 하는 중이었다. 이 지방에서는 꽤 많은 부수가 팔리고 있는 잡지이다.

"아, 잠시만요."

카메라맨이 셔터를 누르려고 하는 것을 멈추고 물었다.

"누구야, 손님이라는 게?"

"사와이 씨입니다. 저…… 아버님입니다."

왔구나.

이 인터뷰 자리로 오게 해서는 안 된다. 사와이 아내와의 스캔들이 밝혀지기라도 하면 큰일이다.

"알았어. 사무실 쪽으로 안내해줘."

"네."

직원이 돌아가자,

"사와이 씨라고 하면 사와이 사또꼬의……."

잡지의 인터뷰를 담당하고 있는 여기자가 말했다.

"예, 그렇습니다. 열성적인 아버님이거든요."

"사또꼬 양이라고 하면 요즘 모습을 볼 수 없다는 소문을 들었습니다만."

"지금 재충전 중이라서요."

야나기다는 변명하기 좋은 말들을 끄집어내어 말했다.

"괜찮으시면 아버님의 코멘트도 넣을까요?"

"예, 꼭!"

"그럼, 잠시만 기다려주세요."

야나기다는 수영장 사이드의 의자에서 일어났다.

"연습 풍경을 조금 찍어도 될까요?"

카메라맨이 묻는다.

"그러세요. 단 정신이 흐트러지니 플래시는 터뜨리지 말아 주세요."

"알겠습니다."

야나기다에게는 승산이 있었다.

태연하게 있자. 아무것도 느끼지 않는 쪽이 이기는 것이다.

"아이고, 오래 기다리셨죠?"

야나기다는 사무실 문을 열며 평상시의 말투로 맞이했다.

"사또꼬와 연락은 닿았습니까?"

사와이 카즈오는 진정되지 않는 모습으로 의자에 걸터앉아 있었다.

"하쯔꼬가 도쿄에서 만났다고 합니다만……."

"그럼 됐네요. 하쯔꼬는 야무지니까요."

야나기다는 책상 안쪽 의자에 앉아서,

"어차피 도쿄에 가야 합니다. 사또꼬도 그쪽에 있는 편이 좋겠습니다."

"그건……."

"N신문 주최의 파티에 초대받았습니다. 사장이 사또꼬 팬이라고 해서 꼭 동행해 달라고 했거든요."

"그렇습니까……."

"어때요? 같이 가지 않으실래요? 도쿄에 가서 사또꼬와 직접 이야기를 나누는 편이 여기서 안절부절못하는 것보다는 낫지 않겠습니까?"

사와이 카즈오는 생각지도 못한 이야기의 진전에 완전히 당황하고 있는 모습이었다.

야나기다는 알고 있다. 사와이의 아내, 노부요가 야나기다와의 관계를 다 털어놓은 것이다. 사와이로서는 체면이라고 하는 것이 있다.

하지만 이 일이 야나기다와 결정적인 싸움으로 커지는 것은 피하고 싶은 것이다. 문제없다. 단순한 남자이다.

"여행비도 숙박비도 N신문 쪽에서 냅니다. 괜찮죠?"

재차 확인한다.

"뭐, 그거는……."

"다행입니다! 아니, 곤란해 하고 있었습니다. 쿠로끼 노조미를 데리고 갑니다만 학생이라고는 해도 열여섯 살짜리 여자아이예요. 저와 단둘이서는 신경이 쓰이니까요. 사와이 씨가 동행해 주시면 이쪽도 마음이 편합니다."

"야나기다 씨."

사와이가 자세를 바꿔 앉았다.

"오늘 찾아온 것은……."

"알고 있습니다. 부인과의 일이죠?"

야나기다가 너무 쉽게 말을 해서 사와이는 당황하고 있다.

"있잖아요, 사와이 씨. 그건 사실입니다. 하지만 제가 먼저 유혹한 것이 아닙니다. 부인이 울어서 그걸 위로하고 있었어요."

"울었습니까? 노부요가."

"네. 당신이 옆 동네 바를 들락거리며 거기 호스티스와 만난다고 하면서요."

사와이 얼굴이 새빨개졌다.

"아니, 물론 발뺌할 생각은 없습니다. 죄라고 한다면 죄니까요. 때리실 거면 때리세요."

사와이가 시선을 돌린 사이, 야나기다가 벌떡 일어섰다.

"때릴 거면 취재를 하나 마치고 나서 해주시지 않겠습니까? 무슨 일인가 생각할 수도 있으니까요."

그러고서 이렇게 말한다.

"같이 가시죠. 도망 못 가게 옆에 계시는 편이 좋을 거예요."

사와이는 영문도 모르고 야나기다를 따라갔다.

잡지사의 리포터와 카메라맨이 수영장 사이드에서 기다리고 있었다.

"오래 기다리셨죠?"

야나기다가 말했다.

"사와이 사또꼬 양의 아버님입니다."

"아아, 안녕하세요! 뵙게 되어 영광입니다."

명함을 받고 사와이는 당혹스러워 하고 있다.

"안녕하세요……."

"사또꼬 양에 대해 잠시 이야기를 좀 듣고 싶습니다만. 한 10분 정도면 됩니다."

"아, 예."

사와이는 의자에 앉아서 벌써 몇 십 번이나 들은 똑같은 질문에 답하기 시작했다.

"금메달리스트인 따님을 두셔서 기분이 어떠신가요?"

카메라의 셔터 소리.

사와이가 완전히 기분이 좋아져서 나불나불 지껄이기 시작하는 것을 듣고 야나기다는 등을 돌려 히죽 웃었다.

"코치님! 모두 모였습니다."

노조미가 달려왔다.

"좋아. 오늘은 턴 연습."

"네!"

야나기다는 수영장 사이드에 서서 팔짱을 꼈다…….

"여보세요, 아빠?"

하쯔꼬는 호텔 방에서 전화하고 있었다.

"나 하쯔꼬야. 사또꼬 말인데, 바로 데려가는 건 어려울지도…….
응?"

"됐어. 나도 그쪽으로 간다."

아버지가 말했다.

"넌 그냥 그쪽에서 기다리고 있어라."

"기다리고 있으라니……?"

"N신문이 여는 큰 파티에서 사또꼬더러 꼭 와달라고 해서. 나하고 야나기다 코치가 갈 거니까 사또꼬한테 그렇게 말해 두거

라. 내일 가니까."

"그래. 알았어."

"사또꼬가 어디 가버리지 않게 조심해라."

"도쿄에 계속 있을 건데 뭐. 어디 가지는 않을 거야."

"그렇구나. 그럼, 또 연락할게."

"몇 시 기차……. 여보세요?"

끊어져 버렸다.

아버지의 목소리는 취해 있었다. 대낮부터. 야나기다가 꼬드겼을 것이다. 얼추 짐작이 간다. 저런 아버지를 보고 있으면 한심하기까지 하다. 아버지 대부터 해오던 술집을 편의점으로 바꿔서 그럭저럭 살고 있지만, 지금은 사또꼬 일에만 정신이 팔려서 가게는 방치한 상태다. 그래도 '사와이 사또꼬의 편의점'으로 잡지나 신문에 실린 덕에 손님은 꾸준히 오고 있다.

그건 그렇고…….

야나기다가 오는 것은 접대 목적일 것이다.

하쯔꼬는 방으로 배달되어 온 조식에 손을 댔다. 사또꼬는 아직 깊이 잠들어 있다. 하쯔꼬는 커피와 빵으로 조식을 끝낸 후 잠시 망설이다가 전화기 옆의 메모지를 뜯었다.

사또꼬에게,

혼자서 산책 좀 하다 올게.

저녁 시간 전까지는 돌아올 거야.

하쯔꼬.

흘려 쓴 후 테이블의 커피포트로 메모지를 눌러 놓았다.

밖은 더운 것 같다. 하쯔꼬는 가져온 원피스를 꺼내서 입기로 했다. 야스나가 테루꼬가 사주는 명품에 비하면 '촌스러울' 지도 모르지만 모양을 내봤자 소용없다.

하쯔꼬는 〈Y재단〉 쿠라따의 명함을 가방에 넣은 다음, 슬쩍 사또꼬의 모습을 살펴보고 외출했다.

호텔 로비에 내려가서 쿠라따에게 전화하자,

"아직 출근하지 않았습니다."

라는 답변이 돌아왔다.

"사와이라고 합니다만……."

"사와이 님이십니까? 그럼 쿠라따의 휴대전화로 걸어 주시겠습니까?"

"네."

급하게 메모를 한 후 인사를 하고 끊는다. 쿠라따는 금방 전화를 받았다.

"저…… 하쯔꼬입니다."

"아니, 이렇게 이른 시간에."

"벌써 아침이에요."

하쯔꼬가 말했다.

"드릴 말씀이 있습니다."

쿠라따가 말했다.

"저한테요? 그거 고맙네요."

"저……, 저는 마사또시 씨의 파티 일로 오전 중에는 야스나가 씨 댁에 있습니다. 이쪽으로 와 주시겠습니까?"

"그쪽으로 말인가요……?"

"어려워하실 건 없습니다."

하쯔꼬는 야스나가 마사또시와도 만나는 편이 나을지도 모른다고 생각했다.

"그럼 지금 방문해도 될까요?"

"물론, 환영합니다."

위치를 듣고 메모한 다음 하쯔꼬는 전화를 끊었다. 그리고 호텔에서 나오자 무더위에 순간 숨이 턱 막혔다. 무의식중에 '택시 승강장'이라는 표시를 보고 그쪽으로 걸어가고 있는 자신을 깨닫고는 깜짝 놀랐다.

더위가 뭔지, 정신없이 수영하던 그 시절에는 오히려 더운 걸 좋아하는 아이였다.

그래. 확실히 위치를 들었으니까 전철로 가자.

일단 역까지 어떻게 가야 하는지 하쯔꼬는 호텔 벨 캡틴의 책상으로 걸어가 가는 길을 물었다.

"아, 역이요? 역이라면 이 호텔에서 셔틀버스를 운행하고 있으니까 그걸 이용해 주십시오."

"저, 그런데 걸어서는 못 가나요?"

"10분 정도 걸립니다만."

"그럼, 걸을게요. 어떻게 가면……."

"아니, 버스가 오기까지 10분 정도…… 아, 지금 온 것이 그 버스입니다."

더 알려줄 것 같지도 않다. 하쯔꼬는 할 수 없이 그 버스에 탔다. 정확히 10분 정도 지나 버스는 몇 명의 손님을 태우고 출발했다. 에어컨이 잘 들어와 추울 정도였다.

하지만 역까지의 소요시간은 불과 5분! 아무리 봐도 걸어서 15분은 걸리지 않을 거리였다. 전철과 버스를 갈아타고 결국 40분 정도 만에 야스나가의 저택에 도착했다. 사또꼬는 이미 와본 적이 있다고 했는데 깜짝 놀랄 만한 크기이다. 밖에서 봐도 그 담의 길이로 저택의 크기를 짐작할 수 있다. 안의 건물은 지붕 끝이 아주 조금 보일 뿐이다.

어디로 들어가야 할지 망설였지만 담을 따라서 한 바퀴 도는 것만으로도 힘들 것 같아 정면 문의 인터폰을 눌러보았다. 지이 — 하는 소리가 나서 위를 올려다보니 TV 카메라가 목을 움직이고 있다.

"하쯔꼬 씨, 어서 와요."

쿠라따의 목소리가 들렸다.

"자, 들어와요."

덜컹덜컹하며 정면의 쇠창살로 된 문이 옆으로 미끄러지며 열린다.

"이렇게까지 옆으로 퍼지지 않았어요."

혼잣말을 하면서 하쯔꼬는 안으로 들어갔다…….

"그럼…… 먼저 갈게."

사야마는 머뭇거리고 있다.

"가도 돼요."

타니다 유까는 침대에 누워 뒹굴며 말했다.

"빨리 가세요."

"있잖아, 유까……. 이해해줘. 나는……"

"따님의 마음을 생각해 주고 싶은 건가요? 잘 알았으니까."

"미안……. 너무 이기적이라고는 생각하지만……."

"정말 이기적이네요."

타니다 유까는 웃었다. 사야마는 안심한 모습으로,

"어쨌든 이 근처에서 우리 딸 친구가 한 명 죽었으니까."

라고 말했다.

"알고 있어요. 분신자살이라지요?"

그러고서 유까는,

"설마 따님 친구한테도 손을 댄 건 아니죠?"

라고 말한다.

"무슨 소리야."

사야마는 약간 정색을 했다.

"아…… 아."

침대에서 유까는 기지개를 켜며,

"나, 오늘은 휴가라도 낼까?"

라고 말한다.

"그래. 그러면 전화 왔었다고 말해 둘게."

"됐어요. 나중에 내가 알아서 연락할게요. 빨리 안 가면 휴대폰으로 전화 와요."

"으응. ……그럼 이만."

사야마는 가방을 손에 들고,

"그럼……."

이라고 말하고 나갔다.

타니다 유까는 한숨을 쉬며 천장을 올려다보았다.

오늘은 외부를 돌고 출근한다고 하여, '아침부터'라며 웃음이 나올 것 같았지만 호텔에 왔다.

하지만 사야마 쪽은 얼마 전 딸과 마주쳐 버린 것이 꽤 마음에 걸렸던 것 같다. 경황없이 유까를 안기는 했지만 원래는 헤어지자는 말을 할 생각이었던 것 같다. 그 정도의 일은 사야마의 태도로 짐작이 가고도 남는다. 그래서 일부러 재잘재잘 떠들어댔다. 사야마는 결국 말을 꺼내지 못하고 어느덧 출근해야만 하는 시간이 된 것이다.

"겁쟁이."

혼자만 남고 나서 욕해 봤자 소용이 없다. 유까도 이 관계가 언젠간 끝날 것이라고 각오는 하고 있다. 오히려 확실히 말해주면 단념할 텐데.

유까는 사야마가 생각하고 있는 것만큼 드라이하게 딱 잘라버릴 수는 없다. 약간 믿음직스럽지 못한 것은 맞지만 사야마는 오래전에 젊은 나이로 죽은 유까의 아버지와 닮은 구석이 있어서, 실은 유까가 적극적으로 유혹한 것이다.

하지만 끈질기게 달라붙어서 회사에 있기 어려워지는 것은 피하고 싶다. 유까는 아마 오늘이 마지막이 될 거라고 짐작하고 있었다…….

사야마 쪽은, "딸의 마음을 생각하면……"이라고 돌려 말했을 뿐이었지만, 분명 유까 쪽에서,

"헤어질까요?"

라고 먼저 말해 준다면 마음이 편해질 것이다.

하지만 누가…….

"누가 그렇게 말해줄 것 같아요?"

유까는 그렇게 말하고 일어났다.

왠지 공연히 화가 난다. 역시 아침부터 이런 일을 하는 건 아니었나?

유까는 샤워를 하고 나갈 준비를 했다. 자, 잊은 물건은……하며 방을 둘러보자,

"그 사람 참……."

하며 못마땅한 투로 말했다.

예전에 본 적이 있는 지갑. 떨어뜨렸구나! 덜렁댄다니까 정말! 지금쯤 새파랗게 질려 있을 것이다.

"할 수 없네. 가져다 주지 뭐."

놀러 나가려고 생각했지만 역시 회사에 가야 할 팔자인 것 같다.

지갑을 들여다보자 카드를 넣는 곳에서 팔랑 하고 사진이 한 장 떨어졌다.

"내……."

유까의 사진이다. 그것도 막 입사했을 때 옥상에서 제복 차림으로 찍은 것. 뭔가 학생 티를 벗지 못해 지금 보면 창피하다.

그 사람, 어디서 이런 사진을 손에 넣은 걸까? 게다가 그걸 가지고 다니다니! 이렇게 위험한 짓을.

유까는 조금 가슴이 뜨거워졌다. 헤어지고 싶지 않다고 생각했다. 그 사람을 곤란하게 만들 생각은 없지만 떼를 쓰지 않고 만남을 이어가는 것은 아직 괜찮지 않을까……. 미련스럽다고 생각했지만 그 사진을 원래대로 지갑 속에 넣어 두고 유까는 살짝

그것을 가슴에 안았다.

그때 문을 노크하는 소리.

돌아왔다! 이걸 놓고 간 걸 알았을 것이다.

유까는 큰 보폭으로 성큼성큼 걸어가서 문을 열었다.

"잊은 물건 있죠!"

하지만 거기에 서 있던 사람은 사야마가 아니었다. 유까는 뭔가 행복한 기분이 사라지지 않은 상태로, 그만 사야마와 헤어질까 하고 고민할 일도 없어졌다. 유까의 몸에서 힘이 빠지고 지갑은 바닥에 떨어졌다. 그 위에 흘러내리던 피는 지갑 속 유까의 사진도 빨갛게 물들여 가고 있었다……

9. 붉은 액체

어딘가 분위기가 이상하다.

그 저택에 들어갔을 때 하쯔꼬는 처음 그렇게 느꼈다. 호화스러운 영국풍의 조금은 가슴을 짓누르는 듯한 양식으로, 저택 자체는 하쯔꼬 같은 사람으로서는 영화 속에서밖에 본 적이 없을 정도이다. 보통은 그 넓이만으로 한동안 눈이 휘둥그레졌을 텐데, 그 저택에 발을 들여놓고 하쯔꼬는 먼저 '분위기가 이상하다'고 느낀 것이다.

"아, 기다리게 해서 미안해요."

넓은 거실에 쿠라따가 들어왔다.

"안녕하세요."

하쯔꼬는 가볍게 인사했다.

"동생은 아직 자고 있습니다. 어젯밤 늦게 어딘가 갔다 온 것 같더라고요."

"젊으니까 밤에 나가 다소 좀 노는 것은 어쩔 수 없지 않을까요."

쿠라따는 소파에 앉았다.

뭔가 묘하다. 이 저택에 들어왔을 때의 '공간이 뒤틀려 있기라도 한 것 같은' 기묘한 느낌과는 달리, 쿠라따가 묘하게 보이는 것은 확실히 이유가 있었다.

항상 빈틈없는 양복 차림을 하고 있는 쿠라따(그렇다고 여러 번 만난 것은 아니지만 그 더운 도쿄 역의 플랫폼에서조차 말쑥한 옷차림이었다)가, 웬일인지 넥타이는 느슨해져 있고 머리도 조금 헝클어져서 칠칠치 못한 느낌으로 변해 있었던 것이다.

이것이 쿠라따의 진짜 모습일까?

"쿠라따 씨."

하쯔꼬가 말을 꺼냈다.

"아버지와 코치인 야나기다라는 사람이 도쿄에 옵니다."

"아, 그거 잘됐군요. 환영합니다."

"아뇨, 그런 의미가 아닙니다."

당황해서 고개를 가로저었다.

"원래는 당장이라도 사또꼬를 데리고 돌아가고 싶습니다만 지금은 아버지를 기다려야 합니다. 그 호텔에 묵으면서 베풀어 주는 호의에 마냥 기대고 있을 수만은 없습니다. 저희는 더 작은 방으로 옮겨서 숙박비는 스스로 부담하고 싶습니다."

"그런 걸 신경 쓰고 있는 거예요?"

쿠라따는 살짝 웃으며,

"이 저택을 봐도 알 수 있죠?"

라고 묻는다.

"물론 그 정도의 지출이 이 댁에 있어서는 아무것도 아니라는 건 알 것 같습니다. 하지만 그런 문제가 아닙니다."

"아뇨, 기분은 잘 알겠습니다. 하지만 이것은 마사또시 씨의 목숨을 구해준 일에 대한 보답이니까요. 테루꼬 씨에게 있어서 딱 한 명뿐인 자제분입니다. 감사의 마음을 표현하는 것은 당연한 일일 겁니다."

쿠라따의 막힘없는 말투는 평소와 똑같았다.

"저도 동생도 평소라면 경험할 수 없는 매우 분에 넘치는 대접을 받았습니다. 그 점에 대해서는 정말로 감사드립니다. 하지만 그것이 특별하다는 것을 동생은 잊고 있습니다."

"뭐 신기한 놀이에는 일단 열중하게 되어 있어요. 그러다 보면 질려요."

"하지만 동생은 고등학생입니다. 학교 공부도 해야 합니다. 여름방학도 곧 끝나고 수영도 다시 시작해야만……."

"그래서 어쩌라는 거죠?"

"벌써 충분히 여러 가지를 해주셨으니까, 이제 저희들한테 신경 쓰지 않으셨으면 좋겠습니다. 특히 밤늦게 동생을 데리고 나가는 것은 삼가셨으면 합니다."

쿠라따는 묘한 시선으로 지그시 하쯔꼬를 바라보고 있었다. 하쯔꼬는 그렇게 가까이 있는 것도 아닌데 쿠라따의 눈이 가까이서 자기 쪽을 들여다보는 듯한 느낌이 들었다.

하쯔꼬는 불쑥 일어났다.

"그만 실례하겠습니다."

"그렇게 서두르지 않아도. ……어차피 아버님이 오시는 걸 기다리는 거라면 마사또시 씨의 생일 파티에 참석하셨다가 돌아가세요. 마사또시 씨도 기대하고 계십니다."

"그건……."

그것까지 거절하는 것은 이만큼 신세를 진 상황에서 실례라는 생각이 들었다.

"돌아가서 동생이랑 얘기해 볼게요. 단지 밤늦게 동생을 데리고 돌아다니는 것만큼은 멈춰 주세요. 이제 그 아이를 평상시에 생활하던 페이스로 돌려놓아야 하니까요."

"알겠습니다."

쿠라따는 미소 지으면서 말했다.

"근데 당신은 꼭 어머니 같군요."

엄마라고. 하쯔꼬는 어렴풋이 느끼고 있었다. 엄마와 야나기다와의 사이를. 확실히 아는 것은 아니지만 엄마가,

"사또꼬 일로 전화가 많이 오니까."

라며 휴대전화를 사는 걸 보고 이상하다고 느꼈다. 평소에 그다지 집을 비우지도 않는 엄마한테 그런 건 필요 없다. 야나기다를 바로 감싸는 엄마를 보고 있으면 하쯔꼬는 문득 무언가를 상상하고, 그러고는 바로 소름이 돋는다. 충분히 있을 수 있는 일이기 때문에 소름이 돋는 것이다.

"……어떻습니까?"

거실을 나와서 쿠라따가 말했다.

"이 저택 안을 둘러보지 않을래요?"

"네?"

"물론 생일 파티도 여기서 합니다만, 그때는 사람도 많이 오고 해서 안내해 드릴 수가 없습니다. 일광욕실 같은 곳은 정말 좋아요."

하쯔꼬도 호기심이 생겼다. 이런 대저택의 안을 둘러볼 일은 결코 두 번 다시 없을 것이다. 누가 뭐라고 해도 하쯔꼬도 스무 살의 아가씨인 것이다.

"그럼……. 폐가 되지 않는다면."

"폐라뇨. 당치도 않아요. 자, 이쪽으로."

쿠라따는 앞서서 복도를 걸어간다.

"여기가 응접실. 뭐, 이렇다 할 건 없지만."

라며 쿠라따는 문을 열었다.

"……중국풍?"

"서양의 오래된 성이나 궁전에는 대체로 '중국식 방'이 있어요. 그걸 흉내 냈죠."

가구나 칸막이가 중국풍이다. 분명히 하나하나가 상당한 물건임에 틀림없다.

"우리 집 거실 응접실 부엌 합친 것보다 넓어."

하쯔꼬는 그렇게 말하고 혼자 웃으면서,

"비교하는 게 잘못된 거지만요."

라고 말한다.

쿠라따는 다음 문을 열고,

"여기가 도서실……."

이라고 말하다가, "아직 있었나?"

하며 대뜸 물었다.

하쯔꼬는 벽면 가득한 책장에 책이 쭉 꽂혀 있는 그 방을 들여다보고 소파에서 한 여자가 일어나는 것을 봤다.

"……지금 가려던 참이에요."

그 여자는 당황해 하는 모습이었다. 테이블 위에 큰 도면이 펼쳐져 있다.

"이번 파티 기획을 담당하고 있는 에가미 유까리 씨. 사와이 하쯔꼬 씨. 사또꼬 씨의 언니……. 어이쿠, 이렇게 말하면 안 되는 거였는데."

쿠라따의 웃음은 부자연스러웠다.

에가미 유까리는 서른 살쯤 됐을까. 날씬하고 큰 키로 과연 일하는 여성답게 화장기가 거의 없는 산뜻한 인상이었다.

"안녕하세요……."

가볍게 인사를 하고,

"금방 나갈게요."

하며 도면을 접는다.

"서두르지 않아도 돼. 그저 하쯔꼬 씨를 안내하고 있을 뿐이야."

쿠라따가 말했다.

"상의한 대로 할 수 있겠지?"

"네……."

"여자아이들도 부탁해."

"네."

에가미 유까리는 도면을 안고 나가려고 했다.

"아, 귀고리."

하쯔꼬가 말했다.

"한쪽이 없어요."

에가미 유까리는 깜짝 놀란 눈치로,

"정말이네……. 별거 아니니까 괜찮아요. 그럼 이만."

이라고 말하며 분주하게 쫓기듯이 돌아간다.

"바쁜가 보네."

쿠라따가 말했다.

"준비할 시간이 별로 없으니까. ……자, 일광욕실로 안내할 게요."

하쯔꼬는 왠지 그 여성의 모습이 신경 쓰였다. 쿠라따를 따라가자 이번에는 거실의 두 배 가까이쯤 되는 큰 방이 나왔다. 유리로 된 천장으로부터 여름의 햇살이 조금 비춰 들어오고 있다. 그리고 넓은 공간에 관엽식물이 가득 놓여 있어서 공기마저 산뜻한 향이 나는 것 같았다.

"와, 멋지다!"

무의식중에 하쯔꼬는 그렇게 말하고 심호흡을 하고 있었다.

"꽤 멋지죠? 이쪽 벤치에 앉으실래요?"

하얀 벤치와 테이블. 마치 광고 속의 세계 같다.

"쿠라따 님."

갑자기 소리가 나서 하쯔꼬는 깜짝 놀랐다.

"응, 여기 뭐 마실 것 좀."

"알겠습니다."

30대인지 40대인지 잘 분간이 가지 않는 여성이다. 앞치마를 하고 있는 것이 왠지 꽤 낡아 보인다.

"이곳 가사 도우미인 노부꼬 씨예요."

노부꼬라고 하는 여성은 가만히 하쯔꼬 쪽으로 머리를 숙였다. 하쯔꼬는 왠지 무표정하고 무서운 인상의 사람이라고 생각했다. 벤치에 앉자 왠지 모르게 기분이 좋았다.

"대단한 저택이네요."

"대대로 쌓여 내려온 축적이라고 할 수 있죠."

"쿠라따 씨, 테루꼬 씨가 점심식사 자리에서 말씀하신 건 진심이 아니죠?"

하쯔꼬가 말했다.

쿠라따는 슬쩍 하쯔꼬를 보고,

" '다섯 살 차이면' 이라는 거?"

"네. 마사또시 씨, 아직 열세 살이죠? 아니 열세 살이라고 해도 아직 어린아이니까요."

"그렇지만 몰라요. 5년 후, 사또꼬 씨는 스물셋. 마사또시 씨는 열여덟……"

"그래도……"

"뭐, 그렇게 심각하게 생각하지 않아도 아직 먼 얘기입니다."

노부꼬가 쟁반에 유리컵을 두 개 받쳐 들고 왔다.

"붉은색이 예뻐요."

하쯔꼬는 그 음료를 손에 들며 말했다.

"루비 같이 선명한 색이네요."

"맛있으니까 드셔 보세요. 알코올이 들어 있지만 아주 조금이에요."

"저 약하거든요, 알코올."

한 모금 마시자 차가운 액체가 스르르 목을 통과한다.

"……어때요?"

"맛있다!"

하쯔꼬는 무심코 말했다.

"이거, 뭐예요?"

"일본에는 별로 들어와 있지 않은 과일 주스입니다."

"그렇구나, 맛있다."

눈 깜짝할 사이에 다 마셔 버린 것은 에어컨이 틀어진 저택 안에서 목이 말랐던 탓도 있을 것이다.

쿠라따는 말했다.

"마사또시 씨는, 사또꼬 씨를 동경하고 있어요. 저라면 하쯔꼬 씨 쪽이지만요."

생각지도 않은 말에 하쯔꼬는 조금 당황하여 눈을 밝은 천장 쪽으로 돌렸다.

"기분 좋아. 이런 곳에서 낮잠을 자면 최고겠는데!"

"그러세요. 살짝 자게 해 줄게요."

쿠라따가 말했다.

"하쯔꼬 씨의 자는 얼굴은 귀엽겠는데!"

"그런 말씀 마세요."

얼굴이 새빨개졌다.

"사또꼬가 훨씬 귀여워요. 그건 잘 알고 있습니다. 언니는 손해라니까."

그때 갑자기 슬리퍼 아래 뭔가 단단한 것이 밟혔다. 보니까 은색 귀고리…….

이건, 아까…….

벤치 아래 떨어져 있었다. 하쯔꼬는 손을 뻗어 그것을 주웠는데…….

핑 하고 현기증이 나서 엉겁결에 눈을 감았다.

"왜 그래요?"

"아뇨……. 괜찮아요. 쭈그려 앉았다가 일어나니까 현기증이 나서, 자주 있는 일이에요."

하지만 그 현기증의 감각은 가라앉지 않았다.

"이 귀고리……. 아까…… 에가미 씨라고 하셨던가요?"

"아, 여기서 떨어뜨렸나?"

쿠라따는 그것을 손으로 받았다.

"돌려 줄게요. 이거는."

하쯔꼬는 돌연 두 개의 그림이 겹쳐지는 것을 보고 있었다.

하나는 넥타이가 느슨해져서 비뚤어져 있던 쿠라따. 또 하나는 서둘러 일어나 돌아간 에가미 유까리…….

그 사람도 머리가 헝클어져 있었다. 차분하지 못했고 쿠라따와 눈 맞추기를 피하고 있었다. 하쯔꼬의 눈에, 이 일광욕실에서 쿠라따에게 안겨 있는 에가미 유까리의 모습이 떠올랐다.

"……왜 그러세요?"

쿠라따의 목소리가 조금 변했다.

"당신은…… 그 에가미라는 사람을……. 그래서 여기에서 귀고리가 떨어지고, 당연히 그 사람은 알아차리지 못한 거야."

"무슨 얘기예요?"

"뒷머리가 뻗쳤어요."

하쯔꼬가 지적했다. 쿠라따가 흠칫하며 손을 갖다 댄다. 그 행위가 예상이 적중했음을 알려 주었다.

"너무해……. 그 사람한테는 중요한 일이잖아요? 거절할 수 없는 사람을 그런 식으로……."

어질어질하다. 왜 이런 걸까?

"이만…… 갈게요."

일어나서 걸어가려고 하던 하쯔꼬는 두세 걸음도 가지 못하고 쓰러지듯이 쿠라따에게 안겼다.

"정신 차려! 역시 알코올 때문인가."

알코올? 그렇지 않아! 어떤 약이 음료수에 들어 있었던 것이다.

"자, 누워요."

벤치에 눕혔다.

"보내줘……. 돌려보내 주세요."

아무리 중얼거려도 현기증으로 도저히 일어날 수 없다.

"조금 쉬고 있어요. 괜찮으니까, 여기는."

"그래도……."

"무슨 일 있으면 언제든지 불러 주세요."

"몸이…… 무거워……."

가만히 누워 있어도 천장이 끊임없이 천천히 회전하고 있는 것 같다. 왠지 정신이 멀어진다.

……여기서 잠들면 안 돼! 하지만 견딜 수 없었다. 눈꺼풀이 내려온다. 그리고 한 순간에 하쯔꼬는 잠들어 있었다.

쿠라따는 살짝 웃고,

"떨어질 귀고리는 하고 있지 않군."

이라고 말하며, 벤치 옆에 무릎을 대고 하쯔꼬의 원피스 위로 부푼 가슴을 쥐었다.

"쿠라따 님."

노부꼬가 어느새 옆에 서 있다.

"무슨 일이야?"

"전화가. 사또꼬 씨로부터입니다."

"그래? 지금 바쁘니까 이쪽에서 건다고 말해줘."

"알겠습니다."

노부꼬가 가버리자 쿠라따는 넥타이를 풀어 던져 버리고, 그러고서 하쯔꼬의 상체를 안아 일으켜 등의 지퍼를 조용히 내렸다.

그러자,

"쿠라따 님."

노부꼬는 발소리라는 것을 거의 내지 않는다.

"뭐야."

쿠라따는 신경질적으로 돌아봤다.

"전화입니다. 사모님으로부터."

쿠라따는 혀를 찼다.

"안 받을 수도 없군."

하쯔꼬를 벤치에 눕혀 놓았다.

"사무실이야?"

"네."

쿠라따는 서둘러서 복도를 달려갔다. 노부꼬가 슬쩍 하쯔꼬를
보고 그대로 물러났다. 쿠라따로서도 테루꼬의 전화는 무시할
수 없기 때문에, 지시받은 일로 전화를 몇 통화 하고 있는 사이
15분이나 지나 버렸다.

일광욕실로 돌아왔을 때 하쯔꼬의 모습이 보이지 않자, 쿠라
따는 분하다는 듯이 고개를 흔들었다.

하지만 너무 빠르다. 아직 약효가 떨어지지 않았을 텐데.

"노부꼬."

거실에서 나온 노부꼬를 불렀다.

"그 아이는 어디 갔어?"

"일광욕실에 계시던 분 말인가요?"

"그래."

"안 계세요? 저는 계속 청소를 하고 있어서……."

"알았어. 그만 됐어."

아무래도 도망친 것 같다.

하지만 쿠라따는 하쯔꼬를 손아귀에 끌어들일 자신이 있었다.

쿠라따는 근처에 있는 전화로 호텔에 있는 사또꼬에게 걸어봤다. 하지만 호출해도 방에는 없다는 대답뿐.

"운이 나쁘다고 하는 것은 이런 건가."

쿠라따는 그렇게 중얼거리고 노부꼬에게,

"회사에 갈게."

라고 말하고는 현관으로 성큼성큼 걸어갔다.

10. 덮치는 자

"즐거운 시간 보내십시오."

여직원이 깔끔하게 갠 목욕 타월을 건네며 말했다.

"고마워요."

어딘지 모르게 쑥스러운 듯한 그러면서도 조금 두근두근하는 듯한 묘한 기분이었다. 사와이 사또꼬라는 것을 여직원은 눈치채지 못했다. 설마 금메달까지 딴 수영 선수가 겨우 20미터밖에 안 되는 호텔 수영장에서 수영할 거라고는 생각도 못할 것이다. 사또꼬로서도 그저 즉흥적으로 떠오른 생각이었다.

언니가 갑자기 '혼자 외출할게' 라고 메모를 남기고 없어져 버렸고, 쿠라따한테 전화해도 바쁘다고 한다. 심심해서 텔레비전을 보면서 '호텔 안내' 를 넘기고 있자니 '옥내 수영장' 이라는 문자가 눈에 들어왔다.

수영장…….

생각해 보면 3일이나 수영장 물에 들어가지 않은 것은 요 몇 년 동안 한 번도 없었다.

그것이……. 이번 일로 완전히 게으름을 피우고 있다. 그 일을 후회하는 마음은 없지만, 동시에 '물에 들어가고 싶다'는 욕구가 갑자기 솟아올라 사또꼬는 훨씬 위층에 있는 이 옥내 수영장에 와 버린 것이다.

수영복도 빌려주고 타월도 준비되어 있다.

그래, 맞다.

"차가운 음료수는 마음껏 드십시오."

라는 서비스도 있다.

이것은 사또꼬에게 있어 신선한 놀라움이었다. 사또꼬에게 있어서 수영장이라는 곳은 '경쟁하는 곳'이며, '연습하는 곳'이었다. 수영장이 편하게 있을 수 있는 장소이며, 게다가 음료수가 무료라는 그런 것은 상상도 못했던 일이었다.

숙박객 전용으로 정해진 그 수영장에는 4~5명의 사람이 수영하고 있을 뿐, 그 외엔 10명 정도가 수영장 사이드의 비치 의자에 엎드려 누워 있다.

빌린 수영복은 사또꼬에게는 조금 작았다. 어깨에서 팔에 걸쳐 근육이 붙어 있어서 결코 보통 사람의 사이즈로는 입을 수가 없다.

어쨌든 빈 비치 의자에 타월을 걸치고 사또꼬는 일단 물에 조용히 들어갔다.

여름이고 이 옥내 수영장의 천장은 유리로 되어 있어서 파란 하늘이 보여 밝다.

사또꼬는 바로 물에 들어가 수영을 시작했다. 힘을 넣지 않고 느긋하게 물을 젓는다. 그래도 물론 다른 손님에 비하면 몇 배나 빨라서 수영장 사이드에 있는 사람들의 눈길을 끌었다.

사또꼬는 20미터 정도의 거리를 순식간에 5번이나 돌았다. 그리고 수영장에서 나와 가볍게 숨을 고르고 타월로 젖은 몸을 닦으며 비치 의자에 누웠다…….

"사와이 사또꼬다."

라는 목소리가 들려온다.

처음에는 이렇게 불리는 것이 왠지 기쁜 것도 같았고 창피한 것도 같았다.

그러나 지금은 아무런 느낌도 들지 않는다. 익숙해진 탓도 있지만 많은 사람들에게 있어서 자신은 '신기한 동물'과 같은 것이어서,

"아, 움직인다."

라는 세계인 것이다.

수영하는 것은 즐겁다. 오랜만에 그렇게 느꼈다. 물이, 같이 놀면서 착 달라붙는 강아지 같아서 조금도 '방해'로 느껴지지 않

는다. 이런 일은 어린 시절 이후 처음이었다.

그 3년 전……'절정이었다'라고 말하는 금메달을 땄던 3년 전에는 물이 '사이좋게 지낼 수 있는' 것이었다.

열다섯 살의 몸, 체력의 여유. 모든 것이 기적적으로 '절정'을 맞고 있었던 때였다. 그것은 아무리 노력해도 따라잡을 수 없다. 열여덟 살쯤 되면 당연히 팔도 허리도 굵어진다. '물은 적'이 되었다. 어떻게든 배제하여 억누르지 않으면 안 되는 '성가신 것'이었다.

그러나 그렇지 않다고 사또꼬는 지금 생각했다. 물은 물일 뿐 조금의 변화도 없다. 변한 것은 사또꼬 쪽인 것이다. 천장을 올려다본다. 유리 너머로 여름의 파란 하늘이 내려다보고 있다.

사또꼬는 물의 냄새, 소독약의 냄새에 취한 듯 그만 꾸벅꾸벅 졸고 있었다. 잠이 부족한 것도 아닌데, 역시 이틀 밤 연속으로 밤에 나가 놀았기 때문일 것이다.

어느새 눈꺼풀이 닫히고 사또꼬는 문득 잠에 빠져 들어갔다…….

눈을 뜨니 몸의 무거운 감각은 거의 사라져 있었다.

아직 멍하다.

아무튼 지금 자기가 차에 타고 있는 것만은 하쯔꼬도 깨닫고 있었다.

"괜찮아?"

여자의 목소리이다.

깜짝 놀라 보니 운전석의 여자가 마침 신호에 걸려서 뒤돌아 봤다.

"아……."

하쯔꼬는 도움을 받았다는 것만 어슴푸레 기억하고 있었다.

에가미 유까리는 차를 다시 움직이며,

"어디까지 데려다 줘?"

하고 물었다.

"저기…… 호텔F로."

말이 나오는데 조금 혀가 꼬였다.

"죄송해요. 저기……."

"약 때문이야."

에가미 유까리는 말했다.

"다만 약효가 그렇게 오래는 지속되지 않으니까."

"약이라니……."

"그 일광욕실에서 붉은색 드링크를 마셨지?"

"네. ……그래요."

생각났다. 귀고리의 한쪽을 찾아낸 일이.

"에가미 씨……였나요?"

"그래. 유까리라고 불러."

"당신도 일광욕실에……."

"있었어. 그리고 그 음료를 마시고……. 뒷일은 짐작이 가겠지?"

"왜 저를……."

"쿠라따 씨가 너를 안내하고 있는 걸 봐서 말이야. 같은 걸 생각하고 있다고 느껴서 현관으로 나가는 척만 하고 안에 남아 있었어."

"감사합니다. 정말로!"

"아니야. 다행이야, 아무 일도 없어서."

에가미 유까리는 미소를 지었다.

"너 그 저택에는 왜?"

"동생이…… 뭔가 묘한 일로 그 사람들 마음에 들어 버려서."

한 마디로는 도저히 설명할 수 없다.

"빨리 그런 곳 하고는 연을 끊어야 해. 제대로 된 곳이 아냐."

"저기…… 고소하면 어때요? 쿠라따를."

"난 됐어. ……처음인 것도 아니고."

"네?"

"일 때문인 건 아니야. 어젯밤, 쿠라따랑 잤어. ……그렇지만 나중에 기분이 나빠져서 오늘 거기서 자자고 할 때에는 거절했어. 그랬더니 그걸 먹여서……. 화는 나지만 일은 제대로 하고 싶어. 그러니까 됐어. 그런 놈이랑 연관되면 시간 낭비야."

에가미 유까리가 말하는 것도 이해가 안 가는 건 아니었지만 그래도 하쯔꼬는 납득할 수 없었다. 이제 와서 분노가 솟구쳐 올라온다.

그런 놈, 사또꼬에게도 손을 대고 있을지도 모른다……

그렇게 생각하니 빨리 사또꼬에게 이 일을 말해서 하루라도 빨리 도쿄를 떠나자고 하기로 결심한다. 아버지나 야나기다가 뭐라고 하던 알 바 아니다!

그리고 문득 생각이 났다.

어젯밤 늦게 사또꼬를 데려다 준 것은 분명히 쿠라따였다. 그러나 에가미 유까리는 "어젯밤 쿠라따랑 잤다"고 했다……

그저 시간 차가 있었던 것일 뿐인지도 모르지만.

"……너, 몇 살이니?"

유까리가 묻는다.

"네? ……스무 살인데요."

"스무 살이야? 젊구나."

유까리는 한숨을 내쉬었다.

"그런……. 에가미 씨도 젊으시잖아요."

"남자 경험 있니?"

그런 질문을 갑자기 물어 와서 벌겋게 얼굴이 달아올랐다.

유까리는 웃으면서,

"깜짝 놀랐어? 미안. 그렇지만 그러는 걸 보니 아직이네. 다행이야, 첫경험이 그래서는 비참하지 않겠어?"

"네……"

차는 호텔F의 현관에 도착했다.

"······감사합니다."

이제 약효도 완전히 없어졌다. 유까리의 차를 보내고 하쯔꼬는 호텔 프런트로 갔다. 방 열쇠는 카드여서 가지고 있지만, 사또꼬가 메시지를 남기고 나갔나 하고 생각한 것이다. 그러나 메시지는 없어서 아직 방에 있을지도 모른다고 생각했다.

701호실을 열고 들어가며,

"사또꼬? 사또꼬 있어?"

하고 불렀지만, 침대는 일어나 나간 그대로고 사또꼬는 어디에도 없다.

밥이라도 먹으러 나간 걸까? 달리 짐작이 안 간다.

하쯔꼬는 아침이나 점심을 먹을 수 있는 레스토랑을 돌아봐야 겠다고 생각했다. 아무것도 모르고 사또꼬가 쿠라따랑 나가기라도 하면 어쩌나 걱정이 되었다.

서둘러서 나가려고 문을 열었는데 하쯔꼬는 선 채로 몸이 굳어 버렸다.

"무슨 일이죠?"

하쯔꼬는 쿠라따를 노려보며 소리 질렀다.

"사람을 부르겠어요!"

쿠라따는 갑자기 하쯔꼬의 가슴을 떠밀었다. 하쯔꼬는 방 안으로 밀려 넘어져 들어가 버렸다. 쿠라따가 안으로 들어와 문을

닫고 체인을 건다.

하쯔꼬는 공포를 느꼈다. 쿠라따는 말없이 상의를 벗어 던지고 하쯔꼬에게 다가온다.

"그만 둬! 고소해 버릴 거야!"

하쯔꼬는 일어서서 도망가려고 했다. 하지만 아침 룸서비스 손수레에 부딪힌다.

쿠라따는 말없이 다가온다.

이대로라면 완력으로 이 사람 마음대로 하고 만다!

하쯔꼬는 손수레 위의 접시에서 나이프를 집어 들었다. 그렇게 잘 들지는 않겠지만 어느 정도는 아플 것이다.

나이프를 쥐고 경계하니 쿠라따는 그것을 보고 피식 웃었다.

"찌를 거야!"

하쯔꼬는 외쳤다. 조금이라도 쿠라따를 겁먹게 할 수 있다면 그 틈에 문으로 달려가서 도망칠 수 있다. 그 정도의 자신은 있었다.

쿠라따는 말없이 천천히 접근해 왔다.

망설이고 있다간 늦어!

하쯔꼬는 있는 힘껏 나이프를 들이댔다. 마침 동시에 쿠라따가 나이프를 빼앗으려는 듯 달려들었다.

헉, 하고 숨을 들이쉰 것은 하쯔꼬 쪽이었다. 나이프의 칼날이 위를 향하고 거기에 대고 쿠라따가 몸을 웅크리며 덤벼들려 했다. 나이프의 칼날 끝이 쿠라따의 목을 베었다.

큰일이다. 칼날이 쿠라따의 목을 도려내듯이 찌르고 있었다.

"꺄악!"

찌른 쪽이 비명을 지르고 나이프는 마루에 떨어졌다. 쿠라따
는 멀찌감치 물러서며 신음했다. 동물 같은 신음 소리였다.

하쯔꼬는 너무나 예상치도 못한 일에 도망치는 것도 잊고 있
었다.

……이상하다.

뭔가가 이상하다.

피가…… 피가 나지 않는다. 그런 일이 있을 수 있을까?

쿠라따의 목에는 확실히 몇 센티미터의 상처가 입을 벌리고
있었다. 그러나 거기엔 빨갛게 상처 구멍이 보이고 있는데 한 방
울의 피도 흐르고 있지 않다.

이런 일이…… 이런 일이란 게…….

아연실색을 하고 있는 하쯔꼬 쪽으로 쿠라따가 다가온다.

"그만 둬……. 오지 마!"

하쯔꼬는 움직일 수 없었다. 쿠라따의 시선이 보이지 않는 바
늘처럼 하쯔꼬의 몸을 관통하고 있었다…….

"부탁이야……."

쿠라따의 손이 하쯔꼬의 원피스에 닿았고 단숨에 그것을 찢어
버렸다.

문득 눈을 뜨고 사또꼬는,

"자버렸네."

라고 중얼거렸다.

그리고 비치 의자에서 일어나 수영장을 둘러보며 깜짝 놀랐다.

손님이 한 명도 없는 것이다. 사또꼬 혼자. 물론 우연으로 이런 일도 있을 수 있겠지만…….

"오예, 럭키!"

일어서서 기지개를 켰다.

아무도 수영하고 있지 않은 수영장은 수영하기에 아주 좋다. 괜한 물결이 일지 않기 때문이다. 지금 수영장의 수면은 조용하여 물결 하나 없다.

사또꼬는 손목과 발목을 가볍게 흔들고 물속으로 들어갔다. 수영하기 시작하니 조용한 수면에 자신이 일으킨 물결이 천천히 퍼져 간다. 쾌적했다. 물이 형태가 있는 것처럼 확실히 몸을 지탱하고 있다. 사또꼬는 그저 가볍게 손발을 움직이는 것만으로 그 위를 미끄러지듯이 나아갔다.

턴하고 이번에는 잠수해 본다. 전신에 기분 좋은 압박감이 있어 몸이 눈을 뜨는 느낌이었다. 아마도 수영장 직원에게 들키면 주의를 받겠지만 혼자이다. 개의치 않는다. 게다가 사또꼬에게 있어서 물속은 가장 자유롭게 있을 수 있는 세계인 것이다…….

잠수한 채 수영장 안을 오른쪽으로 왼쪽으로 헤엄치다 일단 수면으로 나오려고 했을 때……

눈앞에 여자아이가 있었다.

순간 꿈이라도 꾸는 건가 하고 생각했다. 물속이다. 게다가 열일곱, 여덟 살의 사또꼬 또래로 보이는 그 여자아이는 하얀 블라우스와 격자무늬 체크 스커트에 하얀 양말과 검은 구두를 신은, 마치 하굣길의 고등학생 같았다.

이런 소녀가 어째서 물속에 있는 걸까? 환상인가?

그러나 환상이 아니었다. 소녀는 곧바로 사또꼬 쪽으로 다가왔다. 사또꼬는 서둘러 떠오르려고 물을 찼다.

소녀는 손으로 사또꼬의 발목을 덥석 잡았다. 순간 사또꼬의 얼굴은 수면으로 나왔지만 엄청난 힘에 의해 다시 물속으로 끌려 들어갔다.

물을 마셔서 숨이 막혔다. 소녀가 발목을 잡고 놓지 않는다. 사또꼬는 소녀의 손을 뿌리치려고 했다.

수영장 바닥에 몸이 닿았다. 소녀가 사또꼬 위를 덮쳐누른다.

괴로웠다. 거의 숨을 쉬지 못했다. 그래도 사또꼬가 아니라면 이 정도도 도저히 버티지 못했을 것이다.

사또꼬는 필사적으로 그 소녀를 뿌리치려고 했다. 그리고 깨달았다. 소녀는 숨을 쉬고 있지 않다는 것을. 소녀의 입에서도 코에서도 거품 하나 새어 나오고 있지 않다. 있을 수 없는 일이다.

이 소녀는 뭐지?

사또꼬는 얼어붙은 듯한 기분으로, '귀신이 날 데리러 왔다'
고 생각했다.

싫어! 싫어!

마지막 힘을 발끝에 모아 그 소녀를 걷어찼다. 몸이 자유로워
졌다. 수영장의 바닥을 발로 차고 단숨에 수면으로 나온다. 한껏
숨을 쉬고 다시 한 번 끌려들어갈 수는 없다는 생각에 잠수해 보
았다.

수영장 안에는 이미 아무도 없다.

물에서 나온 사또꼬는 헐떡이며 겨우 비치 의자 위에 누웠다.

심장이 파열될 것 같은 기세로 뛰고 있다.

그건 뭐였던 거지?

꿈도 환상도 아니다. 실제로 죽을 뻔했으니까. 그 소녀는…….
대체 뭐였던 걸까?

본 적이 없는 얼굴이었다. 물속이었지만 얼굴은 확실히 기억
할 수 있다.

사또꼬는 타월로 얼굴을 닦는 동안 움직일 수 없었다.

"저기……."

누군가 불러서 깜짝 놀랐다. 중학생 정도의 여자아이가 티셔
츠 차림으로 서 있었다. 그 여자아이는 머뭇거리며,

"사와이…… 사또꼬 씨 맞죠?"

"……네."

"사인해 주시면 안 될까요?"

사또꼬는 평소라면 기분이 나빠졌겠지만 지금은 제대로 '살아있는 여자아이'와 이야기하고 있다는 것이 기뻐서 흔쾌히 그 아이의 수첩에 사인을 해주었다.

II. 절망

곧바로 수영장에는 여러 명의 손님이 들어왔다.

사또꼬는 방금 몇 분간인가는 다른 세계에라도 갔던 기분이 들었지만 그래도 더 이상 물에 들어갈 생각은 들지 않았다.

심장 역시 단련되어 있다. 바로 보통의 페이스로 돌아와 사또꼬는 방으로 돌아가기로 했다. 여름방학이라 작은 아이들이 수영장에서 떠들썩거려 순식간에 와자지껄해지는 것을 뒤로 하고 사또꼬는 라커 룸으로 향했다.

옷을 다 갈아입고 사또꼬는 카운터에 라커 키를 건네고 엘리베이터 홀로 나왔다. 엘리베이터로 7층에 내려가는 도중 문득 생각난 것은 야스나가 마사또시를 구한 뒤,

"어째서 구한 겁니까?"

라고 전화기에서 들려온 여자 목소리였다.

그 목소리는,

"그 아이를 구한 것이 원망스럽습니다."

라고 말하고 있었다.

어째서 그 일이 생각난 거지? 그래. 물속에서 마사또시를 구한 일을 그 이상한 소녀 때문에 물에 빠져 죽을 뻔했던 일로부터 연상한 걸 것이다.

그러나 사또꼬는 다시 생각이 나 오싹했다.

그건 뭐였던 걸까…….

사또꼬는 701호실에 들어가자 "어라?" 하고 엉겁결에 말했다.

"언니, 들어왔어?"

룸서비스 손수레 위가 어질러져 있었고 나이프가 바닥에 떨어져 있었다.

"언니?"

나이프를 주워 접시에 올려놓고,

"……있어?"

라며 하쯔꼬가 자고 있던 쪽의 침대 방을 살펴보았다.

"아, 깜짝이야!"

사또꼬는 언니가 침대 옆 소파에 앉아 있는 것을 보고 놀라서 말했다.

"언니……. 무슨 일 있었어?"

하쯔꼬는 사또꼬가 처음 보는 원피스를 입고 있었다.

"어서와."

하쯔꼬가 천천히 얼굴을 들어 사또꼬를 봤다.

"응……. 나, 수영장에서 수영하고 있었어."

"그래서 그렇게 찾아도 없었던 거구나."

"미안. 그래도 이렇게 빨리 돌아올 줄 몰라서……."

사또꼬는 수영장에서 일어난 일을 언니한테 말할까 어쩔까 망설였다.

거짓말을 하는 거라고는 생각하지 않겠지만, 어째서 그런 일이 일어난 건지 사또꼬 자신도 설명할 수 없는 일이기도 하고……. 또 그런 이야기를 하면 언니가,

"바로 돌아가자."

라고 말할 거라고도 생각했다.

"언니……. 그 옷 잘 어울린다."

"그래?"

하쯔꼬는 미소 지었다.

"있잖아. 아빠랑 코치님이 상경해 온대. 그때까지 여기에 있어야 돼."

"뭐? 아싸!"

"좀 느긋하게 쉬자."

하쯔꼬는 일어서더니,

"오늘밤엔 쿠라따 씨랑 어디로 가니?"

라고 물었다.

"응?"

"숨기지 않아도 돼. 알고 있어."

"숨긴 게 아니고…… 말 안 한 것뿐이야. ……마찬가진가?"

사또꼬는 머리를 긁적였다.

"미안. 그렇지만 다음에 언제 도꾜에 나올 수 있을지……."

"넌 괜찮잖아. 대학, 어디든 체육학과라면 대환영이야."

"응……."

사또꼬도 그건 잘 알고 있다. 사립 대학이라면 특별히 PR도 되니까 '꼭 우리 학교에' 라는 권유가 근 3년간 몇 번이나 있었다.

"난 고향의 단기 대학을 졸업해서 어딘가 근처의 작은 회사에 취직하여 일하다가 스물 대여섯 살에 선봐서 결혼. 그야말로 더 이상 도꾜에 나올 일 같은 건 없을지도 몰라."

하쯔꼬의 말에 사또꼬는 당황했다. 언니가 이런 말을 입에 담는 것을 처음 봤다.

"언니, 같이 여기서 살면 되잖아. 나도 그 편이 마음 든든하고 말이야."

"아빠랑 엄마를 내버려두고 둘이서 이쪽으로 오자는 거야?"

그렇게 말하자 사또꼬도 뭐라고 대답할 수가 없다.

"……사또꼬. 너는 그만한 재능이 있으니까 사양할 것 없어. 나도 오늘밤엔 같이 데려가 줘."

"뭐?"

"괜찮지? 나는 스무 살이니까, 뭐든 할 수 있어. 술도 담배도, 결혼이라도 말이야."

"언니가 그런 말을 하다니……. 무슨 일 있었어?"

"아니."

하쯔꼬는 거실로 걸어가더니,

"나갈 준비해 둬."

라고 말했다.

"지금 나가는 거야?"

"쿠라따 씨가 데리러 온대. 30분 정도 뒤에."

"응……. 언니, 방, 이대로 괜찮아?"

언니가 이런 넓은 방에 있는 것을 신경 쓰고 있던 것이 생각나 말했다.

"뭐가?"

하쯔꼬는 되물었다.

"……아냐, 아무것도."

"그럼 준비해."

"응……."

언니가 어떻게 된 거지? 평소랑 태도가 달라. ……신경은 쓰였지만 지금은 생각할 일이 너무 많다. 사또꼬는 서둘러 넓은 쪽 침대 방으로 들어갔다.

사무실 문은 닫혀서 잠겨 있었다.

사야마 키요미는 10분쯤 기다리다 안 오면 돌아가려고 생각했지만, 다행히 5분쯤 지나자 엘리베이터에서 에가미 유까리가 내려왔다.

"어머, 너……."

라고 놀란 듯,

"미안! 약속했었지. 기다렸어?"

라고 말했다.

"아뇨, 5분 정도요."

"미안! 그렇지만 이 안에는 아무것도 없고. ……아래 티룸으로 가죠."

키요미는 새벽 2시에 약속대로 에가미 유까리에게 전화했다. 그리고 오늘 여기로 오기로 했던 것이다.

"엘리베이터도 고물이라서."

낡은 빌딩의 방 하나를 빌리고 있는 에가미 유까리는,

"실은 사무실 안 사우나 같아."

라고 웃으며 말했다.

"다이어트에 좋겠네요."

"그러네."

유까리가 고개를 끄덕이며 말했다.

"여러모로 고마워. 몇 명 모였어?"

"12명이요."

"대단해! 덕분에 살았어. 고마워."

유까리는 솔직히 말해서 7~8명 정도가 고작일 거라고 생각하고 있었다.

"12명은 확실히 와요. 그리고 두세 명 아직 확실하지 않은 애들이 있는데요. 이 이상은 무리예요. 여름방학이라서 여행 중이거나 하는 애들이 많아서."

"충분해. 고마워."

둘은 티룸에 들어가 한숨을 돌렸다.

"……정말 뭔가 특별한 서비스는 하지 않아도 되는 거죠?"

아이스티를 마시며 키요미는 혹시나 하여 재차 다짐을 받았다.

"응, 그 점은 몇 번이나 확인했어. 요컨대 파티가 떠들썩해지면 되는 거야."

"알겠어요. 집요하게 물어서 죄송해요. 친구들에게 뭔가 사고라도 있으면 곤란해서요."

"그럼. 당연하지."

유까리는 뜨거운 커피를 마신다. 땀 흘리며 마시는 것을 좋아한다.

"……그렇지만 특이하네요. 자택의 생일 파티에 관련도 없는 여자애들을 부르다니."

"내 경험으로 보자면 말이야."

라고 유까리가 입을 뗐다.

"부자들은 다 특이해."

"그렇군요."

키요미는 웃었다.

"파티 준비는 잘 되어 가나요?"

"뭐, 그럭저럭. 날짜가 촉박해서 오히려 필사적으로 하게 돼. 그게 좋은 점이야."

"저…… 뭔가 도울 일이 있다면 말해 주세요."

키요미로서는 쿠라따가 일하고 있는 사무실에 찾아갈 수가 없으니 어떻게 조금이라도 가까워질 기회를 얻고 싶었다.

"고마워. 그날 빨리 와줄 수 있을까?"

"물론이죠. 빨리 갈게요."

"너 아주 확실하구나."

키요미가 마음에 든 듯 말하는 순간, 유까리의 휴대전화가 울렸다.

"……아, 미안해요."

유까리가 잠시 가게를 나가 이야기하고 있는 동안에 키요미는 테이블에 올려져 있던 유까리의 수첩을 보았다. 통화는 길어질 것 같다. 키요미는 수첩을 손에 들고 재빨리 훑었다.

'어젯밤'이라는 칸을 보니 '쿠라따, 12:00R'이라는 메모가 있다.

12시라면 물론 밤이겠지. 그러고 보면 유까리는 쿠라따와 무슨 특별한 관계에 있는 건지도 모른다.

'오늘' 이라는 칸에, '쿠라따, 7:00PM 호텔F' 라고 쓰여 있다.

7시에 호텔F.

키요미는 그것을 머릿속에 넣고 수첩을 원래대로 올려놓았다. 곧바로 유까리가 돌아온다.

"돈을 어떻게 할지 정해 두자. 네가 한꺼번에 받을래?"

"아뇨, 한 명씩 주세요. 나중에 힘들어지니까요."

"알았어."

유까리는 확실한 말투를 가진 키요미가 마음에 든 눈치다.

"그래서 그날 일 말인데……."

이번엔 키요미의 휴대전화가 울렸다.

"죄송해요."

이번에는 키요미가 자리를 비운다.

티룸 밖으로 나가서 전화를 받았다.

"여보세요."

"키요미냐!"

키요미는 깜짝 놀랐다.

"아빠? 뭐야, 깜짝 놀랐잖아."

"키요미, 너 지금 어디냐?"

"밖이야. ……무슨 일이야?"

아빠의 상태가 평소와 다르다.

"회사의…… 타니다 씨가……."

"타니다 씨라면…… 일전에 그 사람 말이지."

"응……. 그녀가…… 살해당했어."

키요미 역시 말문이 막혔다.

"……키요미. 아빠가 한 거 아니야. 믿어줘."

"잠깐만. 그런 건 알고 있는데……. 왜 초조해 하고 있는 거야?"

"내가 지갑을 깜빡 놓고 온 거야."

"어디에?"

"호텔이야. 요전번 근처의."

키요미는 아무런 할 말이 없었다.

"그래서?"

"형사가 회사에 와서 이야기를 듣고 싶다고 그랬어. ……있잖아. 정말이야. 아빠는 하지 않았어. 엄마한테 그렇게 말해줘."

"그건 괜찮지만……. 의심받고 있는 거야?"

"아마도……."

"언제 살해당했어?"

"오늘 아침이야. 10시 정도."

"아빠…… 아침에 만났어? 호텔에서 일부러?"

"응……. 외부를 돌고 들어가기로 해서……."

어이가 없어 말도 안 나온다.

"그럼, 어쨌든 숨기지 말고 진실을 말해. 얼버무리려고 하면 계속 거짓말하게 돼."

어느 쪽이 부모인지 모르겠다.

"응, 거짓말은 안 했어. 다만……."

갑자기 말하다가 우물거린다.

"왜 그래?"

"형사를 기다리게 하고 뒤로 도망쳐 와 버렸어."

"……뭐? 지금 뭐라고 했어?"

"돈이 없어. 너 얼마 갖고 있어? 빌려줄 수 없어?"

키요미는 절망적인 기분이 되어 버렸다…….

12. 죽은 사람의 전화

"그럼 아무쪼록 잘 부탁드립니다."

쿠로끼 노조미의 아버지가 인사를 하며 머리를 숙인다.

"꼭 따님을 잘 데리고 다녀오겠습니다."

야나기다는 정중히 인사를 한다.

"도쿄에 도착하면 그쪽의 담당 여성이 와서 파티복 같은 것을 가져다 주기로 했습니다. 걱정하지 마십시오."

"아무것도 모르는 아이니 잘 부탁드립니다."

열차가 홈에 들어왔다.

"그럼, 다녀올게."

쿠로끼 노조미가 여행 가방을 들고 부모님께 말했다.

야나기다는,

"사와이 씨가 안 오시네요."

라며 개찰구 쪽을 보고 있다가, "어, 왔다!" 하고 외쳤다.

"사와이 씨! 늦었어요."

"어이쿠, 죄송합니다."

사와이 카즈오가 숨을 헐떡이고 땀을 닦으면서 다가온다.

조금 뒤에서 노부요가 쫓아왔다.

"자, 탑시다. 5분 정차예요."

야나기다가 말하며 노부요에게 인사했다.

"남편을 잘 부탁해요."

노부요가 말했다.

야나기다, 사와이, 쿠로끼 노조미 세 명은 열차에 올라탔다.

"시간은 걸리지만 야간열차로 했어. 그 편이 나중에 편해."

라고 야나기다가 말했다.

세 명이 개인실 침대차에 타서 창문으로 배웅하는 사람들에게
손을 흔들자, 바로 열차가 움직이기 시작했다.

"……뭐야."

사와이가 쓴웃음을 지었다.

"노부요 이놈의 여편네, 바로 돌아가 버린 건가?"

"자, 어찌됐건 짐을."

야나기다가 말했다.

"이쪽의 개인실을 노조미 네가 혼자 써."

"아싸!"

노조미가 싱글벙글 하고 있다.

"우리들은 옆방에 있을게. 무슨 일이 있으면 벽이라도 두드려. 진짜 잘 때는 잠가 두고."

"네. 그럼."

노조미는 옆의 개인실로 들어갔다.

"……자는 동안에 도착할 거예요."

라고 말하며 야나기다는 의자에 걸터앉았다.

"맥주라도 마시겠습니까?"

"좋지요. 잠이 잘 오겠군요."

"제가 사 올게요. 자, 맡겨 주세요."

야나기다는 매점이 있는 칸으로 향했다. 그래봤자 옆 칸이다. 야나기다는 도시락과 캔맥주를 사서 돌아오려고 했다.

"선생님."

노조미가 통로에 서 있다.

"도시락은?"

"엄마가 만들어 줬어요."

"그렇구나. 빨리 자."

노조미가 흘낏 좌우를 살피고선,

"둘뿐이라고 생각했는데……."

라며 야나기다를 노려본다.

"어쩔 수 없어. 이래저래 일이 있었어. 알잖아?"

"그래도…… 모처럼 개인실인데."

야나기다는 웃으며 말한다.

"이 맥주가 뭘 위해서라고 생각해? 사와이를 빨리 재우려는 거라고."

"그럼, 기다릴게! 빨리 와요."

노조미는 야나기다의 머리를 끌어안아 키스하고 빠른 걸음으로 돌아간다.

야나기다는 부스럭부스럭 비닐봉지 소리를 내며 자신의 개인실로 돌아갔다. 화장실에서 커튼을 치고 있던 사와이 노부요는 조용히 커튼을 열고 야나기다의 뒷모습을 바라보았다.

"실컷 즐겨두시라고."

노부요가 중얼거렸다.

그래. 이대론 끝나지 않을 테니까…….

노부요는 자기 자리로 돌아갔다.

"언니……."

사또꼬는 살짝 말을 걸어 보았다.

"안 자?"

여느 때와는 다르다. 스스로도 이상한 기분이 들었다.

호텔로 돌아온 것은 새벽 2시가 지나서였다. 사또꼬는 하쯔꼬가 도무지 무엇을 하고 왔는지 알 수가 없어 매우 걱정이 되었다.

쿠라따가 함께였으니까 위험한 일은 없었지만 하쯔꼬는 꽤 취해 있었다.

사또꼬는 언니가 이렇게 자신을 잃을 정도로 취해 있는 것을 처음 봤다. 대학생이니까 때로는 술을 마시고 들어오는 일도 있었지만, 하지만 오늘밤은 평소와 다르다.

"언니……."

침실을 들여다보자 하쯔꼬가 옷을 입은 채로 침대에 누워 있었다.

아니 참……. 어떻게 된 거지?

사또꼬는 하쯔꼬의 옷을 벗겨서 옷걸이에 걸었다.

"어떻게 하지……. 담요를 덮어두면 되나."

사또꼬는 언니라고는 해도 맨몸으로 자게 둘 수도 없어 유카타를 입히려고 했다. 그러나 축 늘어진 몸은 무거워서 도저히 무리다.

전화가 울렸다. 사또꼬는 서둘러 거실로 갔다.

"여보세요."

한밤중이다. 누구지?

"여보세요, 누구세요?"

"오늘은 죄송했어요……."

젊은 여자의 목소리.

"네?"

"오늘, 만나 뵌."

"……무슨 말이에요?"

"수영장 밑에서. 잊었어요?"

사또꼬는 새파랗게 질렸다.

"당신…… 정말로……."

"수영장 밑에서 만났잖아요."

사실인지 아닌지 의심이 가지만 그 일을 알고 있는 것은 둘밖에 없을 터이다.

"당신, 누구?"

"……과연 수영 선수네요. 그렇게 길게 잠수할 수 있는 사람은 없어요."

"당신은 호흡하지 않나요?"

잠시 정적이 흘렀다.

"필요하지 않은 걸요. 죽은 사람에겐."

"누구예요?"

"난…… 시노부, 입니다."

"시노부?"

"마미야 시노부. ……사과하려고 전화했습니다."

"사과한다니, 낮의 일?"

"당신도 그자들과 한패라고 생각하고 있었기 때문에. 오해했습니다."

"그자들이라니……."

"야스나가 마사또시를 구해서는 안 되는 거였어요."

역시 그런가. 그때의 전화도 이 소녀한테 온 것이었다.

"기다려."

사또꼬는 '마미야 시노부'라는 이름을 메모하고서 물었다.

"나한테 무슨 용건이야?"

"조심하세요. 특히 야스나가 테루꼬는. ……당신은 젊으니까."

"당신 역시……."

라고 말하다가 한편으론 죽은 인간에게 젊다고 말하는 것도 묘하다고 생각했다.

"사야마 키요미를 찾아가 주세요."

"사야마?"

다시 메모를 했다.

"이 사람은 누구야?"

"제 친구예요. 사야마로부터 사정 얘기를 들어 주세요. 부탁이에요."

"저기……."

"이제……. 끊습니다."

"어째서 죽은 거야? 여보세요?"

사또꼬는 전화가 끊긴 것을 알고 한숨을 쉬었다.

마미야 시노부. 그리고 사야마 키요미.

이 두 개의 이름은 환상이 아니다. 마미야 시노부가 어째서 죽은 건지. 조사해 봐야겠다.

"……언니! 놀랬잖아."

그렇게 곤히 잠들어 있던 하쯔꼬가 어느새 잠이 깬 듯 바로 옆에 서 있었다.

"안 일어나는 줄 알았어."

"일어나야지. 아니면, 두 번 다시 안 일어나는 편이 좋아?"

"이상한 소리 하지 마."

사또꼬는 화내듯이 말했다.

"샤워할 거야?"

"그래."

하쯔꼬는 갑자기 평소와 같은 말투로 말하고 있었다.

"그럼, 먼저 해. 난 나중에 할게."

사또꼬가 그렇게 말하자 하쯔꼬는 욕실 쪽으로 가다가 갑자기 돌아오더니, 사또꼬 쪽으로 다가와서

"사또꼬……. 너무 좋아."

라며 사또꼬의 볼에 키스했다.

어안이 벙벙해 하는 사또꼬를 뒤로 하고 하쯔꼬는 욕실로 모습을 감췄다.

13. 교환 조건

"자, 이제 돌아가야 해."

야나기다는 몸을 일으키며 말했다.

"옆방, 곯아떨어졌어?"

쿠로끼 노조미는 개인실의 침대에서 기지개를 켰다.

보통의 열여섯 살 소녀가 아니다. 수영으로 단련된 몸, 특히 어깨와 팔의 근육, 허벅지 같은 데는 금방이라도 터질 듯이 굵다. 아무리 여유 있게 만들어져 있다고 해도 열차의 침대는 이 소녀에게 비좁았는데, 그것이 오히려 '남의 눈을 피한다' 라는 기분을 느끼게 만들었다.

"즐거웠어."

노조미가 코치에게 키스한다.

"너한텐 못 당하겠다."

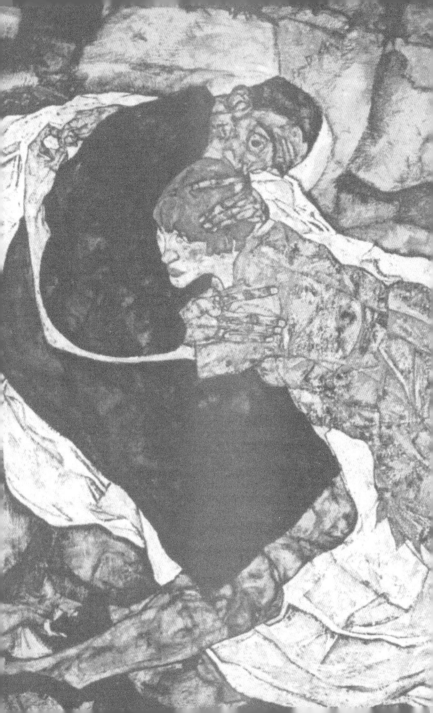

야나기다는 웃으며 말했다.

"열여섯 살인데 이제 완전히 여자로구나."

"너무 기뻐."

노조미는 야나기다를 끌어안았다.

"도쿄에서도 예뻐해 줘."

"내 몸이 견디질 못해."

야나기다는 농담을 했다.

"노는 것도 좋지만 지나치면 안 돼. 균형이 흐트러져."

노조미는 침대에서 일어나 파자마를 입었다.

"코치랑 운동해서 균형 찾을 건데."

야나기다는 노조미가 변했다고 생각했다. 이전에는 늘 사와이 사또꼬의 그림자에 가려 눈에 띄지 않는 존재였는데, 요즘은 날이 갈수록 자신감이 붙어 빛나고 있다. 이제 '넘버 투'가 아니라는 자신감이 노조미를 바꾼 것이다. 야나기다와의 관계도 지금은 노조미 쪽이 적극적이다.

물론 조심하지 않으면 안 된다. 코치와 선수의 스캔들. 드문 일은 아니지만 밖으로 알려지는 일은 적다. 누가 뭐라고 해도 스포츠 선수는 '어린이들의 동경의 대상'이고, 평범한 사람이라고 말해도 통하지 않는 세계이다.

야나기다도 자신의 지도를 받은 선수 중에서 유력 선수가 나오는 한 안전하다는 건 알고 있다. 그런 점에 대한 판단은 매우 빠르다. 위험한 것은 수영계에서 힘을 잃기 시작할 때이다. 누군 가가 야나기다의 자리를 대신하려고 하는 그때, 기다렸다는 듯이 스캔들이 터지는 것이다.

"그럼 잘 자."

야나기다는 노조미의 볼에 키스했다.

"아침에 깨워 줄게."

"응……."

담요를 덮은 노조미는 벌써 감길 듯한 눈을 하고 있다.

"문 잠가. 어쨌거나 조심해야 하니."

"네, 코치."

장난스럽게 말하고는 야나기다가 나간 뒤 문을 닫는다. 야나 기다는 문이 잠기는 소리를 듣고 나서 조용히 옆방의 문을 열었다.

물론 안은 어둡고 사와이 카즈오는 자고 있다. 야나기다는 자기 침대로 기어들어가 크게 하품을 했다. 그때, 확 불이 켜졌다. 야나기다가 깜짝 놀라서 일어나자,

"돌아오셨습니까?"

사와이가 일어나 앉아 있다.

"아침까지 옆방에 계실 줄 알았어요."

야나기다는 아무 말도 하지 못했다.

"훌륭하시네요."

사와이는 웃으며 말했다.

"선수의 어머니뿐인가 했더니 열여섯 살 여자 선수에게도 입니까? 보통사람은 흉내도 못 내겠네요."

사와이는 진지한 얼굴을 하고 말했다.

"야나기다 씨, 당신은 사또꼬에게도 그런 짓을……."

"그렇지 않습니다. 맹세코 아닙니다."

야나기다는 말했다.

"그럴지도 모르겠네요. 사또꼬는 그런 점에선 결벽한 아이니까."

사와이는 싱긋 웃었다.

"날 취하게 해서 재워 두려는 속셈이었군요. 유감스럽지만 난 그렇게 약하지 않아서요. 맥주 정도론 안 취해요."

야나기다는 말이 없다. 어설픈 변명은 오히려 속이 들여다보일 뿐이다.

"그리고 야나기다 씨. 그 아이는 소리를 좀 너무 높였어요. 그래서야 잠이 깨지요."

사와이는 웃으며 말했다.

"이거 참, 요즘 애들은 무섭네요."

야나기다는 크게 숨을 내쉬었다.

"사와이 씨. 쿠로끼 노조미와 저의 일은 당신과는 관계없는 일이에요. 모르는 체해 주시겠죠."

"글쎄, 어떻게 할까요."

사와이는 턱을 쓰다듬었다.

"분명 당신이 실각하면 이쪽도 손해니까, 그런 점에선 당신을 도와주고 싶죠."

"그래서요?"

"하지만 그걸 모르는 체해 달라고 해도……. 아내를 빼앗기고 그 위에 벌어진 일이라서."

"확실하게 말해 주십시오. 돈입니까?"

"돈? 전 별로 돈 때문에 곤란하지 않습니다만."

"그렇습니까? 그 호스티스에게 꽤 많은 돈을 쏟아부어 편의점 매상에 손을 대고 있다고 들었는데요."

사와이는 흠칫 놀란 표정이 되어,

"이놈의 여편네 쓸데없는 소리를!"

하고 내뱉듯이 말했다.

"자, 사와이 씨. 그런 부분에 관해선 서로 손해 보지 않도록 생각해 봅시다."

야나기다는 차분하게 말했다.

"서로의 흠을 들추어내 본들 무슨 소용이 있겠어요. 뭐 누구라도 털면 다소의 먼지가 나기 마련입니다."

"그렇다면 사또꼬를 더 소중히 여겨 줬으면 좋겠군요. 당신은 완전히 쿠로끼 노조미 편이 되어 버렸어."

"그건 하지만……. 성적이 전부예요. 사또꼬는 확실히 실력이 떨어지고 있어요."

"그렇다고 해도……. 그 애가 당신을 유명하게 만들어 주었으니."

"물론 알고 있고 말고요."

야나기다는 수긍하면서 사와이에게 제안을 했다.

"어때요, 사와이 씨. 이번엔 한번 협력하지 않겠습니까? 사또 꼬는 저에게 반발해서 자신이 '스타' 대접받는 것을 싫어합니다. 하지만 이제부터 사또꼬의 일은 PR에 앞장서 주는 것입니다. 누가 뭐라고 해도 귀엽고 인기가 있으니까요."

"하지만 본인이……."

"그것을 당신이 납득시켜 주십시오. 그 아이는 어차피 내년에 도꾜에 있는 대학에 갈 것입니다. 노는 것에 눈을 뜨면 빠릅니다. 인기인의 쾌감을 바로 잊을 수는 없습니다."

"그래서?"

"광고입니다. 지금은 고등학생이고 본인도 싫어하지만 대학에 들어가면 이미 자유입니다. 광고 출연이 가장 돈이 됩니다. 그 아이라면 몇 천만이라고 비싸게 불러도 괜찮을 겁니다."

"거기에 한몫 잡게 하라고?"

야나기다는 어깨를 추켜올리며 말했다.

"표면에 드러나면 무리예요. 하지만 따로 사무실을 만들고 거기서 담당하게 하는 거지요. 물론 사장은 당신입니다."

"그렇군요."

"저는 고문이라도 시켜 주시고. ……당신은 명목상으로만 사장 자리에 있어 주시면 됩니다. 기업과의 이야기는 제가 다 합니다."

"아니, 저도 할게요. 편의점 따위 그렇게 벌이가 되는 게 아닙니다. 사또꼬에게는 꽤 돈을 들였어요. 이제부터 본전을 찾아야지요."

"자, 서로 힘을 합쳐서. ……괜찮지요?"

야나기다는 손을 내밀었다. 그러나 사와이는 그 손을 잡으려 하지 않고,

"한 가지, 조건이 있습니다."

라고 말했다.

"뭡니까?"

"도움을 받고 싶습니다."

"도움을? 무엇을요?"

사와이는 일어나서 문을 열고 통로를 보았다.

"……괜찮군. 아까 말이죠, 봐 버렸습니다."

"무엇을요?"

"아내를. ……이 열차에 타고 있어요. 그 사람."

야나기다는 깜짝 놀랐다.

"하지만 배웅을……."

"그대로 탔어요. 아마 당신을 감시하고 싶어서겠죠."

야나기다는 그걸 듣고 소름이 끼쳤다.

"노부요 씨가요? 그렇습니까?"

"아내가 어째서 갑자기 자백하려는 맘이 든 건지 의아했습니다. 그런데 오늘 알았네요. 그 사람은 당신과 노조미 사이를 알고 있었던 거예요."

"……그러네요."

야나기다는 마지못해 대답했다.

"그럼 노부요는 당신에게 있어서도 위험한 존재야. 물론 나에게도."

사와이는 갑자기 목소리를 낮추며 말했다.

"어때요. ……노부요를 죽이려는 데 도와 주세요."

야나기다도 순간 움찔했다.

"……진심입니까!"

"그렇게 놀랄 건 없잖아요. 열여섯 살 소녀에게 손을 대고 있으면서."

사와이는 웃었다.

"그러나 그것과 이것과는……."

"거절하신다고 말씀하시면 나도 당신과 쿠로끼 노조미의 일을 현의 수영연맹에 고발하는 수밖에 없지요."

이미, 답은 나와 있었다. 야나기다에게 있어서 위험한 도박이지만 잘되면 그 뒤의 수입은 지금까지와 비교가 안 된다.

"하지만…… 만약 들키면……."

"도쿄에서라면 괜찮아요. 아내는 아무에게도 말하지 않고 왔을 겁니다."

"그렇군요."

"그러나 나보다도 코치, 당신 쪽을 노부요는 믿을 거예요. 화는 내고 있어도 아직 분명 미련이 있을 겁니다."

"뭐…… 그렇겠네요."

야나기다는 마지못해 인정했다.

"노부요를 잘 구슬려서 남의 눈에 띄지 않도록 해주세요. 어떻게 할지는 천천히 생각해 봅시다."

야나기다도 정말이지 마음이 무겁다. 공금을 쓰거나 팀의 어린 선수에게 손을 대거나 하는 것과는 경우가 다르다. 살인. ……사와이는 간단하게 생각하고 있는 것 같지만, 신원이 밝혀져 남편과 애인이 함께 상경해 있었다는 것이 밝혀지면 충분히 의심받을 수 있다.

야나기다는 어찌됐건 당분간 사와이의 요구에 응할 수밖에 없다고 생각했다. 그 대신 어떻게든 '살인'에 관계되지 않을 방법은 없는 것일까……. 아무리 사또꼬가 돈이 된다고 해도 그 때문에 교도소행에 이르게 되는 위험한 일까지 저지르는 것은…….

"그럼, 이제 잡시다. 피곤하니까."

야나기다는 아무렇지 않은 표정으로 말했다.

"당신도 큰일이네요. 도쿄에서도 노조미 양이 매일 밤 침대에 기어 들어올 텐데."

라고 사와이가 웃으며 말했다.

"이것도 코치의 일이에요."

야나기다는 자못 심각한 얼굴로 말했다.

"그럼, 불 끕니다. 주무세요."

"잘 자요."

방 안은 어두워졌다.

야나기다는 실제로 노조미를 상대하느라 꽤 지쳐 있었다. 체력이 보통 여자아이와는 다르다. 그래도 바로는 잠들 수 없었다. ……사와이의 일. 노부요의 일. 사또꼬의 일. 야나기다에게는 생각해야만 할 여러 가지 일이 있었다.

야나기다가 겨우 잠이 든 것은 1시간 가까이나 지나서였다…….

14. 뒤틀린 시간

문을 열자 아버지가 서 있었다.

"아빠."

키요미가 말했다.

"……경찰이 돌아가라고 했어?"

"응……."

사야마 슌지는 완전히 지친 모습으로 눈 아래에도 다크 서클이 생긴 듯이 검었다.

"들어와, 빨리."

"응."

대답은 하면서도 사야마는 현관 안으로 들어오려 하지 않고,

"엄마는?"

하고 쭈뼛쭈뼛 묻는다.

"당신."

아유꼬가 나온다.

"……올라와요. 목욕할래요? 아니, 바로 잘래요?"

"음……. 그럼 가볍게 샤워만 할까."

사야마는 아내에게 무슨 말을 들을지 흠칫흠칫하고 있었다. 키요미는 아버지를 안으로 들여 보내고 문을 닫았다. 키요미는 아버지가 샤워를 하러 가자,

"엄마."

하며 부엌에 있는 아유꼬를 불렀다.

"아버지 일……."

"너는 그런 거 신경 쓸 필요 없어."

아유꼬가 말했다.

"저 사람도 조금은 질렸겠지? ……키요미, 어디 나가려고?"

"응, 아르바이트 모임."

"그럼 지금 나갈래? 아버지와 둘이서 하고 싶은 이야기가 있으니까."

"알았어."

키요미는 끄덕였다.

"그래도 아빠가 죽인 것이 아니라는 건 안 거지? 확실히."

"저런 아빠가 그런 일을 할 만한 위인이 되니?"

"그렇지만 불쌍해……. 시노부가 그렇게 죽고 이번엔 타니다

유까라는 사람까지."

"동정할 기분은 안 들지만."

아유꼬가 말했다.

"요컨대 그런 곳은 위험한 거야. 너도 이제 가까이 가지 마."

키요미도 그런 말을 듣자 뭐라고 대답을 할 수가 없었다.

욕실에서 샤워하는 소리가 들려온다. ……자신이 나간 후 아버지와 어머니가 어떤 대화를 할지 키요미는 짐작이 가지 않았다. 단순한 남자와 여자 사이가 아니다. 20년 가까이 '부부'라는 시간을 함께해 온 두 사람이다. 키요미는 어머니가 이성을 잃거나 히스테릭해져 남편에게 덤벼들거나 하지 않아 안심이었다.

어찌됐든 아버지에 일에 대한 걱정이 사라진 것은 다행이다. 지금의 키요미는 쿠라따라는 남자에게 접근하여 시노부의 원수를 갚는 일만 생각하고 싶었다.

키요미는 재빨리 외출 준비를 하고 어머니에게 살짝 말을 하고는 나왔다. 맨션 1층으로 내려가 로비로 나간다.

에가미 유까리를 만나러 갈 작정이었다. 어떻게든 파티 전에 쿠라따를 만나 두고 싶었다. 위험할지도 모르지만 그렇게 죽은 시노부, 친구를 구해낼 수 없던 자신을 용서할 수 없었다.

맨션을 나가려고 하자 어딘가에서 본 적이 있는 여자가 들어와 두 사람은 문에서 살짝 얼굴을 마주쳤다.

"아. ……사와이 사또꼬 씨죠?"

키요미는 그때 호텔에서 사와이 사또꼬를 봤던 것을 기억해
냈다.

"당신, 혹시…… 사야마 키요미 씨?"

그렇게 물어와 키요미는 깜짝 놀랐다.

"저를 어떻게……."

"다행이다, 만나서! 할 이야기가 있어."

"무슨 일이죠?"

"친구 일로. 마미야 시노부라는 친구 일로."

"시노부……. 어떻게 시노부를?"

"죽었어?"

키요미는 천천히 고개를 끄덕였다.

"……역시."

사또꼬는 로비를 힐끗 보고는 말했다.

"나 어제 만났어."

"만나다니…… 누구를 말이죠?"

"마미야 시노부 씨를."

갑자기 등골이 오싹해져서 키요미는 몸을 떨었다. 냉방이 잘
된 커피숍이긴 했지만 키요미가 느끼는 한기는 그 때문은 아니
었다.

"……정말이야."

라고 사또꼬가 말했다.

"나도 꿈이라고 생각하고 싶지만 사실이야. 수영장 바닥에서 그 여자애를 만난 것. 그리고 밤에 호텔방으로 마미야 시노부 씨로부터 전화가 걸려온 것."

커피숍은 한산했지만 둘은 무심코 목소리를 낮추어 이야기하고 있었다.

"믿어줄래?"

사또꼬의 물음에 키요미는 고개를 끄덕였다.

"시노부가 그렇게까지 해서 사또꼬 씨에게 말하고 싶었던 것은…… 틀림없이 억울했기 때문이에요. 자신의 죽음이. 열일곱 살에 죽어야 한다는 사실이 너무나 슬펐기 때문일 것이라 생각해요. ……내 탓인데. 내가 그런 일에 시노부를 끌어들였기 때문에, 나한테 와서 원망을 하면 좋을 텐데……."

키요미의 눈에서 눈물이 흘러 넘쳤다.

"……시노부 씨 자살한 거야?"

사또꼬가 물었다.

"네……. 끔찍한 일이 있어서……. 아까는 말 못했지만 들어주세요."

키요미는 마미야 시노부의 죽음에 관련한 이야기를 사또꼬에게 털어 놓았는데, 말해야 할지 말지 망설인 것은 시노부가 마치 노파처럼 주름투성이의 얼굴이 되어 있었다는 것이었다. 그런 이야기를 하면 사또꼬가 자신의 이야기를 믿어주지 않게 될지도 모른다고 생각한 것이다.

하지만 사또꼬의 이야기는 역시 무언가 '자연을 초월한 것'이 이 사건에 관련되어 있다는 것을 확실히 알려주고 있었다. 그래서 키요미는 큰맘 먹고 모든 것을 말한 것이다.

"……그런 일이."

사또꼬는 키요미의 이야기를 듣고 새파랗게 질려 있었다.

"분신자살한 시노부의 기분을 생각하면 정말……. 틀림없이 그렇게 변해 버린 자신의 모습을 보여주고 싶지 않아서 그렇게 죽은 것이 아닐까 하고 생각해요."

"그렇지만…… 그렇게 끔찍한 일이……."

사또꼬는 크게 숨을 내쉬었다.

"그때 함께 있었던 것이 쿠라따 씨였던 거군."

키요미는 끄덕였다. 사또꼬는 자신과 언니가 요 며칠인가 쿠라따와 함께 있었던 것을 생각하니 오싹했다.

"나, 시노부의 한을 풀어줘야 해요."

키요미가 말했다.

"그렇지만 위험해."

"마음이 안 풀려요. 나의 가장 친한 친구였거든요."

"알아. ……나도 힘이 되어 줄게. 혼자서 하려고 하지 마. 상대는 성인 남자야."

"네. 그런데 시노부가 한 말은 무슨 뜻일까요?"

"내가 야스나가 마사또시를 구한 것에 대해 이야기했었어. 시노부 씨가 그 일을 어떻게 알고 있었던 걸까?"

"마사또시라······. 하지만 열두 살 아이잖아요."

"그렇지. 어딘지 모르게 약해 보이는 아이······. 곧 열세 살이 돼."

"모레, 생일 파티가 있어요. 저 그 파티에 가니 그 저택 안에 들어갈 수 있어요."

"그렇지만 위험하지 않겠어?"

"많은 손님들이 올 거예요. 오히려 괜찮을 거라 생각하는데요."

"그건 그렇지만······. 나도 초대받았으니까 같이 해. ······나도 몰랐지만 그 남자애를 구한 탓에 당신의 친구가 죽은 것이라면 속죄를 해야지."

"고마워요! 마음이 든든해요."

"겉으로는 모르는 것으로 해 두지. 쿠라따에게 들키지 않는 것이 좋아."

"네."

"나, 아버지가 도쿄에 오시기 때문에 오늘밤에는 나올 수 없지만. ······밤에 연락할게."

"이거, 제 휴대전화 번호예요."

키요미는 메모를 건넸다.

"언제든지 걸어 주세요."

메모를 받은 사또꼬의 손이 그대로 키요미의 손을 잡고 한동안 떨어지지 않았다……

스르르 열차 문이 열리고 사와이와 야나기다 그리고 쿠로끼 노조미 세 명은 후끈한 열기 속에 도쿄 역 플랫폼에 내려섰다.

"야나기다 씨."

하얀 재킷을 입은 남자가 와서 말했다.

"일부러 먼 곳까지 와 주셔서 감사합니다. 기다리고 있었습니다."

"여어."

야나기다는 손을 올리며 소개했다.

"사와이 씨야. 그리고 쿠로끼 노조미도 알고 있지?"

"물론이죠. 〈J〉의 하마구찌입니다."

업계에서도 1, 2위를 다투는 수영복 메이커의 영업 사원이다. 빈틈없는 말투, 계산된 듯이 웃는 얼굴은 그런대로 쿠로끼 노조미를 안심시켰다. 열여섯 살인 자신을 어른으로서, 아니 평범한 어른과는 비교할 수도 없을 정도로 소중히 대해주는 이런 인간들을 노조미는 아직 믿고 있었다.

"사또꼬 씨와는."

"응. 연락해 뒀어. 괜찮아. 그것보다 여기는 더우니 빨리 가자."

"잠깐만요. 지금……. 아, 저기 오시네요."

노조미는 사와이 하쯔꼬가 오는 것을 보고 야나기다에게서 조금 떨어졌다.

"하쯔꼬. 마중 나온 거로구나."

"네."

하쯔꼬는 무표정하게 대답을 한 후 옆의 남자를 소개한다.

"이쪽은 쿠라따 씨. 나랑 사또꼬가 신세를 지고 있어."

그 남자는 한여름인데도 말쑥하게 양복을 차려입고 넥타이를 매고 있었다.

"쿠라따 씨는 〈Y재단〉에서 일을 하고 계세요."

하마구찌가 설명했다.

"내일 파티를 N신문과 함께 준비해 주시고 있습니다. 호텔도 같은 곳을 준비해 주셨다고 합니다."

"정말 감사합니다."

야나기다는 쿠라따라는 남자에게서 '돈 냄새'를 맡았다. 자기 편으로 해둬 손해 볼 일 없는 남자라고 느낀 것이다.

"기이한 인연으로 따님과 아는 사이가 되었습니다."

쿠라따가 말했다.

"자, 차가 기다리고 있습니다. 가시죠."

쿠로끼 노조미는 그 쿠라따라는 남자가 바라보자 반사적으로 눈을 아래로 내리고 말았다.

"활약하시는 모습 봤습니다. 자 이쪽으로."

자신에게 말을 걸어주고 있다.

"감사합니다."

노조미가 말했다.

"짐 주세요."

"아뇨, 괜찮습니다."

노조미는 당황하여 말했다.

"힘은 있으니까요."

"그런 문제가 아닙니다. 자."

쿠라따는 미소 지으며 노조미의 여행 가방을 들었다.

일행이 플랫폼에서 계단으로 걸어간다. 하마구찌는 빨리도 야나기다와 이야기를 나누기 시작했다. 사와이는 하쯔꼬가 어딘가 모르게 말하기를 싫어하는 분위기였기에 굳이 말을 걸지 않았다. 오히려 사와이의 신경은 열차에서 노부요가 내렸음에 틀림없다는 것에 향해 있었다······.

"······도쿄, 재미있어요?"

노조미는 하쯔꼬에게 말을 걸었다. 뭐라 해도 클럽 선배이다.

"사람에 따라 다르겠지."

하쯔꼬는 무뚝뚝하게 말했다.

"틀림없이 쿠라따 씨가 너를 재미있는 곳에 데려가 줄 거야."

"그래요? ······사또꼬 선배는?"

"잘 지내고 있어."

하쯔꼬는 웃는 얼굴로 노조미를 보았다.

"매일 밤 놀러 다니고, 파마도 하고, 귀도 뚫고…….'

"정말요? 대단하다! 저는 그랬다가는 집에 못 들어가요."

노조미는 하쯔꼬가 어딘가 평소와 다르다고 느끼고 있었지만 사또꼬의 이야기를 들은 쇼크로 그런 것은 잊어버리고 말았다.

"너도 금방 익숙해질 거야. ……도시는 커다란 수영장과 같아. 헤엄쳐 돌아다니는 것쯤이야 순식간에 익힐 수 있어."

"그러려나……."

노조미는 계단을 내려갔다.

"……N신문 쪽에서는 PR페이지에서 꼭……."

하마구찌와 야나기다가 이야기하고 있다. 줄줄이 계단을 내려 간다. 그때 플랫폼에서,

"거기 서!"

라는 여자의 외침이 들렸다.

"도둑이야! 도둑이야!"

노조미는 깜짝 놀라 뒤를 돌아보았다. 젊은 남자가 여성의 가 방을 손에 들고 계단을 달려 내려온다.

하지만 너무 서두른 남자는 계단에서 발을 헛디뎠다.

"위험해!"

하쯔꼬가 노조미의 팔을 잡아 옆으로 당겼다. 젊은 남자는 무

서운 기세로 계단에서 굴러 떨어져 노조미 일행이 있던 계단에 머리를 부딪치며 멈추었다.

엄청난 소리가 났다.

빠각……. 그것은 뼈가 부러지는 소리였을 것이다.

노조미는 숨을 죽이고 눈을 멍하게 뜨고는 이상한 각도로 목이 비틀려 구부러진 채 쓰러져 있는 젊은 남자를 보고 있었다.

"……무슨 일이야. 위험하게."

쿠라따가 얼굴을 찌푸리며 말했다.

"갑시다."

역무원도 위에서 쭈뼛쭈뼛 내려다보고 있을 뿐이었다.

"피다."

노조미는 무심결에 말이 나왔다.

남자의 머리 밑에서 천천히 피가 퍼져 가고 있었다. ……피 색은 선명한 빨강이라기보다 짙은 주홍색이었다. 노조미는 섬뜩해졌다.

죽었다. 틀림없이 죽었다. 사람의 죽음을 이렇게 가까이서 본 적은 없었다. 노조미는 하쯔꼬를 보고 무언가 말하려고 했으나 순간 얼어붙은 듯이 서서 꼼짝할 수가 없었다.

하쯔꼬는 가만히 뚫어져라 죽은 사람 몸에서 서서히 퍼져 나가는 피를 바라보고 있었다. 노조미에게는 하쯔꼬의 눈이 마치 짐승처럼 번뜩이며 먹잇감에 달려들기라도 하려는 듯 보였다.

어찌된 일이지? 이런 하쯔꼬는 처음 보았다. 아니, 당장이라도 하쯔꼬는 그 시체에 달려들 듯이 보였다. 숨소리가 거칠어지고 볼이 홍조를 띤다.

하쯔꼬는 아직 노조미의 팔을 붙잡은 채였다. 그 손에 엄청난 힘이 들어가 노조미는,

"아파요!"

하고 소리를 질렀다.

"하쯔꼬 선배님, 아프다고요!"

갑자기 하쯔꼬가 번쩍 정신이 들어,

"노조미. ……미안해."

라고 말했다.

손을 놓고 나서 하쯔꼬는 지금 처음으로 노조미의 존재를 알아차렸다는 듯 "괜찮아?"라고 물었다.

"……네."

이제 하쯔꼬의 눈은 평소에 봤던 온화한 눈빛으로 돌아와 있었다. 플랫폼에서 만났을 때부터 느꼈던 묘한 인상도 사라져 있었다.

"가자. 도시란 무섭지?"

하쯔꼬가 재촉하여 노조미는 계단을 내려갔다.

"어이, 뭐하는 거야. 빨리 와."

먼저 내려가던 사와이가 돌아보고 말한다.

"서두를 거 없어. 마음의 준비를 하는 게 좋을 거야. 사또꼬를 만나기 전에."

하쯔꼬가 평소와 같이 비꼬는 투로 말했다.

노조미는 계단을 다 내려가자 다시 한 번 뒤돌아보았다. 죽은 남자는 가려져 더 이상 안 보이게 되었지만, 손끝만 불거져 나와 보였다. 그 하얀 손은 마치 노조미를 손짓하여 부르기라도 하는 것 같았다.

……바보 같은 생각하지 마!

노조미는 고개를 좌우로 젓고 서둘러 하쯔꼬의 뒤를 따라갔다…….

15. 소년

"어서 오십시오."

노부꼬라고 그랬나. 에가미 유까리는 그 어딘가 기분 나쁜 여자가 잘 생각나지 않았다.

바로 어제 만났다. 그런데도……

"에가미라고 합니다. 어제 찾아뵈었던……."

"네."

"파티 일로, 넓이 같은 것을 다 재지 못한 곳이 있어서요."

"그렇습니까. 들어오십시오."

라며 슬리퍼를 꺼내준다.

복도를 걸어가니,

"밖은 더우시죠? 뭔가 차가운 거라도 드시겠습니까?"

라고 말을 건넨다.

"아뇨, 괜찮습니다. ……쿠라따 씨는 계신가요?"

"외출하셨습니다."

유까리는 안심했다.

"그럼 알아서 조금 볼 테니 신경 쓰지 마시고."

하며 거실 입구에서 발을 멈춘다.

"쿠라따 님께 연락할 필요는 없는 거죠?"

노부꼬의 말투는 이미 대답을 알고 있는 듯했다.

"필요 없습니다."

"알겠습니다."

노부꼬가 정중하게 머리를 숙이고 물러나자 유까리는 거실 안으로 들어가 줄자를 꺼내서 몇 군데 치수를 쟀다.

일하자, 일. 쿠라따 일은 잊자. ……이제 그런 남자랑 엮이는 건 사양이야. 그러나 일단 맡은 일은 제대로 해내야지.

유까리는 치수를 도면에 재빠르게 적어 내려갔다.

요리가 오고 테이블이 나온다. 파티라고 해도 어수선하게 사람들이 오고가고 한다기보다는 한 사람을 중심으로 하는 것이니까 그에 따른 준비가 필요하다.

유까리는 복도로 나와서 그 일광욕실로 걸어갔다. 가슴이 꽉 죄어드는 기분이 든다.

잊자. ……잊는 거야. 아무것도 아니야. 교통사고 같은 거야.

유까리는 하얀 빛이 들어오는 일광욕실까지 와서 발을 멈췄다. 싫은 기억은 있어도 여기가 독특한 분위기를 가진 멋진 장소라는 건 사실이다.

꽃향기가 난다. 여기는 밤은 밤대로 다른 공간이 될 것이다.

그 사야마 키요미라는 여자아이가 모아준 열 명 남짓한 소녀들과 유까리가 준비하고 있는 아이들을 합치면 24~25명쯤 된다.

이 장소를 생일 파티의 메인 장소로 하자.

유까리는 그렇게 정하자 즉석에서 여러 가지 이미지가 떠올라서 급하게 메모를 했다. 때때로 이런 일이 있다. 계속해서 아이디어가 솟아 나와 메모하는 것조차 시간이 부족할 때가. 이런 장소에서라는 것이 얄궂은 기분은 들었지만 쿠라따를 향한 분노가 있기 때문에 더더욱 쿠라따를 감탄하게 할 만한 일을 해야만 한다.

문제는 가득 늘어서 있는 관엽식물인데 이건 아마 옮길 수 있을 것이다. 나중에 그 노부꼬라는 사람에게 물어보자.

유까리는 메모를 했다. ……아직 나이 때문에 건망증이 심해졌다고는 생각하지 않지만 생각났을 때 메모해 둔다는 습관을 지금부터 몸에 익혀 두려고 생각하고 있다.

만약 옮길 수 없다면 장식대 대신으로 해도 된다. ……그래. 이 식물들이 있는 편이 더 좋은 분위기가 될지도 모른다. 엷은 조명으로 드러내고 그 가운데에 주역을 앉힌다.

"뭐하고 계신 거예요?"

갑자기 말을 걸어와 유까리는 펄쩍 뛸 듯이 놀랐다. 식물 화분 사이…… 무성한 잎에 빛이 가려져 어스레해진 언저리에 누군가가 앉아 있었다.

왜 알아차리지 못했던 거지? 이상한 기분은 들었지만 어쨌든 거기에 누군가 있는 것은 확실하다.

"저기……."

"누구세요?"

약간 하이 톤의 목소리. 남자아이의 목소리다.

"저…… 에가미 유까리라고 합니다. 모레 열리는 파티의 기획을 맡고 있어서요. 그 예비 조사로 방문했습니다만……."

조금 망설이다가 물었다.

"실례지만…… 야스나가 마사또시 씨인가요?"

상대는 어둡게 그늘진 곳에 의자를 놓고 앉아 있어서 허리부터 아래로밖에 보이지 않는다. 상반신은 어둠 속에 녹아 있었다.

대답이 있기까지 조금 시간이 흐르고,

"……그래요."

라며 차분한 음성으로 답한다.

"잘 부탁드립니다. 생일 파티라고 하셔서 제 나름대로 기획을 다듬고 있는 중이에요."

유까리는 다시 말을 이었다.

"뭔가…… 희망하시는 게 있으신가요? 아니면 이건 싫다든지……."

"에가미 씨라고 하셨죠?"

"네."

"당신에게 부탁하기로 정했으니까 맡길게요. 기대하고 있으니까요."

"……말씀 감사드립니다. 최선을 다하겠습니다."

"부탁해요."

담담한 어조. 조금 전의 하이 톤 목소리는 조금 낮아져 있는 것처럼 느껴진다. 그렇다고 해도 식물 사이에 틀어박히듯 하여 얼굴도 전혀 보이지 않는 건 왠지 유까리를 있기 불편하게 만들었다.

"마사또시 씨. ……이렇게 불러도 괜찮을까요?"

"그러세요."

"그런 곳에 들어가셔서 뭐하고 계신 거예요?"

유까리가 조금 들여다보듯 하자,

"그만 멈추세요!"

갑자기 마사또시가 날카롭게 말했다.

"죄송합니다. 실례했습니다."

유까리는 급히 뒤로 물러났다.

"그저, 모처럼 좋은 햇빛이 들어오고 있는데, 하고 생각해서……."

"······놀라게 해서 죄송합니다."

마사또시가 말했다.

"나는 햇빛이 싫어요. 그래서 이렇게 그늘진 곳을 골라서 녹음을 즐기고 있는 거예요."

"알겠습니다."

"화낸 건 아니에요. 부디 기분 나빠 하지 마세요."

"당치도 않아요. 그런."

"창피해요. 색이 너무 하얗고 건강하지 않아서."

"그런······. 그럼 밤이 좋으시겠네요."

"네. 야행성이에요. 전."

마사또시는 처음으로 웃었다.

그 웃음소리를 듣고 유까리는 문득 생각했다. ······이게 모레 열세 살 되는 소년의 목소리인가? 그리고 이 차분한 말투. 그것은 마치 어른과 같다. 말씨, 정중한 어조, 도저히 열두 살이라고는 생각되지 않는데······. 아니, 그런 건 아무래도 좋아. ······그래. 자신이 그 사야마 키요미라는 아이에게 말했던 것처럼, '부자는 다 이상해' 그것이다.

"······실례했습니다. 갑자기 와서 죄송합니다."

유까리가 말했다.

"아니에요. 모레 밤, 기대하고 있으니까."

"네, 그때 다시 인사드릴게요."

유까리는 그렇게 말하고 메모하고 있던 수첩을 가방에 넣었다.

"그럼, 이만."

유까리는 일광욕실을 뒤로 하고 거실로 되돌아갔다. 거실에 들어가 유가리는 왠지 계속 그 소년의 시선이 따라오고 있는 듯한 기분이 들었다.

"다 하셨나요?"

갑자기 노부꼬가 거실 입구에 나타나서 유까리는 자기도 모르게 소리를 지를 뻔했다.

"왜 그래, 사또꼬?"

하쯔꼬가 묻자 사또꼬는 깜짝 놀라 문에서 떨어졌다.

"벌써 룸서비스 왔어?"

"아니, 아직. ……조금 내다보고 있었던 것뿐이야."

사또꼬는 일부러 거실 안을 돌며,

"목말라! 빨리 안 오나."

라며 노래라도 부르듯이 말했다.

"뭐하는 거야?"

하쯔꼬는 손목시계를 보며 말했다.

"저녁 어떻게 할래?"

"그게 그 하마구찌 씨인가 하는 사람이 어딘가로 데려가 주는 거지? 또 살찌겠어!"

"하룻밤 정도 아빠랑도 함께 보내야지. 특히 넌."

"왜 나만?"

"그거야 그 〈J〉라는 메이커 광고를 야나기다 코치가 노리고 있으니까 그렇지."

"코치가?"

"아빠를 데리고 온 것도 그 때문일 거야. ……굉장해. 잠시 뛰어들거나 헤엄치거나 해 보이고 몇 천만."

사또꼬는 소파에 앉았다.

"난 싫어."

"어째서? 나쁜 일 하는 거 아니야."

"어쨌든 지금은 코치, 노조미를 좋아하고 있어."

"그래도 광고에 나올 가치라고 하면 너야. 당연히 다른 곳에서도 여러 제안이 올 거고."

"편의점은 어떻게 하려고?"

"이제 닫아 버리는 거 아냐? 아빠, 할 맘도 없어."

하쯔꼬는 손목시계를 풀며 말했다.

"밴드 밑은 땀이 나서 싫다니까. ……나 샤워하고 올게. 어차피 밥 먹을 때에는 옷 갈아입지?"

"맘대로 해. 룸서비스 오면 언니 것까지 마셔 버릴 거야."

하쯔꼬는 웃으며 욕실로 가버렸다.

사또꼬는 일어나서 언니가 돌아오지 않는 것을 확인하고 나서 다시 한 번 문 쪽으로 가서 문의 렌즈 구멍에 눈을 대었다.

아까 이 앞을 지나간 건…… 그건 엄마다.

사또꼬는 잠시 복도의 상황을 살펴보고 있었는데, 그러는 사이에 정말로 룸서비스의 손수레가 달그락달그락 얼음이 맞부딪치는 시원한 소리와 함께 도착했다.

……사또꼬는 아빠 일행과 만난 후 N신문사에 들러 사장과 인사하고 그리고서 호텔로 돌아온 것이다.

"……감사합니다."

사또꼬는 룸서비스의 전표에 사인하고 호텔 보이에게 건넸다. 보이가 나가자 음료수 잔을 들어올린다. 얼음 때문에 잔을 들 수 없을 정도로 차갑다.

……아빠랑 야나기다 그리고 쿠로끼 노조미 셋도 이 호텔에 체크인 했다. 노조미는 이 층에서 조금 떨어진 트윈 룸을 혼자 쓰고 아빠랑 야나기다는 다른 층, 물론 방 하나씩이다. 세 명 분의 비용은 〈J〉가 내고 있는 것 같다.

사또꼬는 사야마 키요미에 대해 생각했다. ……친한 친구를 잃은 분노에 타오르고 있는 여자아이. 자기보다 한 살 어린데 키요미는 '어른의 각오'를 굳히고 있었다. 그 모습에 사또꼬는 강한 인상을 받은 것이었다.

진저엘을 살짝 마시니 차가움이 가슴에 퍼져 간다.

……엄마.

그건 분명히 엄마다. 아무리 그래도 잘못 볼 리가 없다. 그렇지만, 어째서? 왜 엄마가 이런 곳에 있는 거지? 아빠도 모를 것이다. 알고 있으면 말했을 거다. 엄마 역시 여기에 하쯔꼬와 사또꼬가 묵고 있는 것은 알고 있을 테니 전화라도 해주면 좋을 텐데.

다만 아까 문의 렌즈 구멍으로 봤을 때 엄마는 문 앞을 조용히 지나쳐 갔던 것뿐이지만 그 얼굴은 평소의 엄마와는 전혀 달랐다. 사또꼬는 그게 충격이어서 언니에게 아무 말도 할 수 없었던 것이다. 엄마의 옆모습에 보인 골똘히 뭔가 고민하는 듯한 표정. 그 어딘가 궁지에 몰린 듯한 눈은 처음 보는 것이었다…….

무슨 일이 있었던 거지?

사또꼬는 짐작이 가지 않았다.

문득 사또꼬의 눈이 장식장 위의 거울로 향했다. 거기에는 사또꼬 자신의 모습이 비치고 있다. 바로 얼마 전까지의 사또꼬와는 전혀 다른 사람 같은 소녀이다.

사또꼬는 언니가 말한 광고 이야기를 떠올렸다.

대체 어떻게 되어 버리는 걸까. 자신의 생활, 인생 그리고 장래……. 모든 것은 사또꼬가 3년 전, 그 금메달을 딴 순간부터 변해 버린 것이다. 그게 없었다면……. 수영 선수로서 여기저기 대회에 나가기는 했겠지만 분명 예전과 조금도 다르지 않은 생활을 하고 있었음에 틀림없다.

아빠도 엄마도 언니도……. 뭔가 이상해져 있다. 어딘가 미쳐 있다. 아빠에게 여자가 생겼다며 엄마가 달려드는 것을 본 적도 있다. 엄마 쪽도 요즘 모습이 이상했다.

모든 것은 내 탓이다.

"내가 나쁜 게 아니야."

사또꼬는 중얼거렸다.

"나는 그저, 온 힘을 다해 수영을 했을 뿐이야!"

손에 든 잔에서 얼음이 녹아 쨍 하고 소리를 냈다.

16. 배반

일제히 플래시가 터지고 TV 카메라의 조명이 비춰지자 노조미는 눈이 부셔서 얼굴을 찌푸리고 말았다.

사또꼬. ……그렇다. 모두 사또꼬를 찍으러 온 것이다.

노조미는 나란히 서 있는 사또꼬 쪽을 슬쩍 보고, 플래시 세례에도 미소를 띠고 있는 모습에 감탄해 버렸다. 거기에는 단순히 '익숙함' 뿐만이 아닌, '나는 예쁘다' 라는 자신감이 있었다.

노조미가 비뚤어진 게 아니다. 예쁘다고 하는 관점에서 사또꼬의 웃는 얼굴은 노조미가 봐도 매력적이다.

"한 번 더 이쪽을 봐 주세요."

카메라맨이 부탁한다.

"노조미."

사또꼬가 팔을 쿡쿡 찌르며 말을 한다.

"오른쪽을 봐."

"네."

선배가 하는 말이다. 역시 거역할 수 없도록 훈련되어 있다.

한바탕 플래시가 터지고,

"죄송합니다, 사와이 씨 혼자 서 주세요."

라고 누군가 말했다.

노조미는 그 자리를 떠났다. 사또꼬가 잡으려고 했지만 노조미는 더 이상 있기 싫었다.

"수고했어."

야나기다가 맞아 주어 노조미는 겨우 미소를 띠었다.

"코치님……."

"뭐라도 마셔. 단, 술은 안 된다."

"네."

노조미는 테이블에서 우롱차를 집어 한 모금 마셨다.

……N신문 주최의 파티는 곧 시작되려고 한다. 사또꼬와 노조미는 회장의 입구에서 기다리고 있던 카메라맨들에게 붙잡혀 있었던 것이다.

"대단하네요, 사또꼬 선배."

아직 카메라에 둘러싸여 많은 마이크 앞에 서 있는 사또꼬를 보고 노조미는 말했다.

"조금만 참아. 머지않아 네가 대신하게 될 거야."

"아니 분하다고 하는 게 아니에요. 사또꼬 선배, 예쁘니까 당연한 거지요."

"그런가? 그렇지만 너도 예뻐."

노조미는 살짝 웃었다.

"……오늘밤에는 올 거예요?"

"하쯔꼬 일행과 같은 층이니까 조심해야지."

"와 주세요. 꼭!"

"알았어."

야나기다는 웃으면서 말했다.

거기에 〈J〉의 하마구찌가 손님들 틈을 비집고 다가왔다.

"야나기다 씨. 사또꼬 양의 아버님은?"

"화장실. 이제 올 거야."

"N신문 사장님이 15분 정도 늦게 도착하셔서 그때까지 대기실에서 기다려 주셨으면 해서요. 이쪽으로 오십시오. 제가 모시겠습니다."

하마구찌는 빠른 걸음으로 서둘러 가버렸다.

"아, 눈이 이상해졌어."

사또꼬가 겨우 풀려나와 다가왔다.

"사또꼬 선배님, 그 옷 멋져요."

"고마워. 노조미 스타일 좋네. 다리가 길어서 부럽다."

사또꼬도 우롱차 잔을 들고,

"어? 언니는?"

하고 물었다.

"글쎄, 모르겠는데. 언니는 괜찮을 거야."

야나기다가 말했다.

그때 사와이가 하마구찌와 같이 와서는,

"그럼, 이쪽으로."

라며 안내를 하려 했다.

"전, 괜찮죠? 안 가도."

노조미가 말했다.

"괜찮아, 가자."

"피곤해요. 익숙하지 않아서."

"그래. ……그럼, 나중에."

사와이와 사또꼬 그리고 야나기다 세 명이 하마구찌를 따라가 버리자 노조미는 넓은 파티장을 둘러봤다. 이런 장소가 처음은 아니지만 역시 고향 마을에서의 '환영회'와는 스케일이 다르다.

벌써 몇 백 명이 모여 있는 걸까?

"……어때?"

문득 정신을 차리고 보니 하쯔꼬가 옆에 서 있었다.

"아……. 왠지 마음이 편해지지 않아서요."

"다리 안 아파?"

"네. 실은 운동화라도 신고 싶지만. 뭐, 어쩔 수 없겠죠?"

라고 노조미는 웃으며 말한다.

　노조미도 어제 산 진한 남색의 원피스를 입고 있었다. 격식을 차리자니 조금 갑갑하다. 신발도 당연히 옷에 맞춰서 하이힐까지는 아니라도 약간 굽이 높은 것을 신고 있었다.

　"하쯔꼬 선배님. 그거 술?"

　노조미는 하쯔꼬가 들고 있는 잔을 보고 말했다.

　"응. 약하게 물이랑 섞은 거야. 이제 스무 살인데 뭐."

　하쯔꼬는 회장을 둘러보고,

　"나중에 봐."

라며 왠지 좀 느닷없이 가버렸다.

　노조미가 혼자 서 있다가 등 뒤에 인기척을 느껴 돌아보았다.

　"쿠라따 씨."

　쿠라따가 조용히 서서 노조미를 응시하고 있다.

　"안녕하세요."

　쿠라따가 말했다.

　"정말 아름다워."

　"이렇게…… 까맣고 근육질인 여자가요?"

라며 노조미는 당황스러운 표정으로 웃었다.

　"정말이야. 자신이 스스로 깨닫지 못한 것뿐이야."

　쿠라따는 왠지 어제와 조금 달라 보였다. 어젯밤 모두 함께 식사를 했을 때도 이것저것 신경 써 주었지만 오늘밤의 쿠라따는 이상한 분위기를 발산하고 있었다.

"고맙습니다."

노조미가 말했다.

"코치님은 지금 대기실에……."

"난 괜찮아. 네 곁에 있고 싶어."

노조미는 당혹스러웠다. 마침 그때, N신문사의 사장이 회장으로 들어와 파티가 시작되었다…….

침대에 누워 있다가 그만 꾸벅꾸벅 졸고 있던 사와이 노부요는 노크 소리에 눈을 떴다.

"……네."

룸서비스로 저녁을 시켰다. 호텔 레스토랑에 가면 남편이나 딸들과 마주칠지도 모른다. 오늘밤 파티가 있다는 것은 알고 있었지만 노부요 자신이 남편처럼 이런 호텔에 묵는 일이 익숙지 않았다.

"기다려요."

라고 중얼거리면서, 갑자기 일어난 탓에 약간 현기증을 느끼며 문을 열러 나간다.

"……수고하시네요."

하며 문을 열자 그 자리엔 야나기다가 서 있었다.

"나야."

야나기다는 빙긋 웃으며 말한다.

"들어가도 될까?"

"······들어오세요."

노부요는 야나기다를 안에 들였다.

"룸서비스를 기다리고 있었어요."

"뭐, 시간은 많아. 밤은 길어."

"취했군요. 파티에서 마신 거죠?"

"아무튼, 아무리 마셔도 공짜니까. ······좀 누워 있게 해줘."

노부요는 최대한 비아냥거리며 말했다.

"노조미 상대하느라 지친 거죠. 하긴 열차 안에서도 열심이었
으니까."

"그만해. 우린 어른이야. 바보 같은 젊은 애들처럼 말해서야
되겠어."

"무슨 얘기?"

노부요는 작은 소파에 앉았다. 야나기다는 침대에 누운 채로
천장을 올려다보며 말했다.

"남편도 알고 있어, 여기 온 거."

"그런 사람, 아무래도 상관없어요."

노부요는 어깨를 움츠렸다.

"뭘 원하는 거야?"

노부요는 잠시 멍하게 있었다.

"……몰라요."

그러고서 혼잣말처럼 중얼거렸다.

"그저, 견딜 수가 없어요. 나 혼자 남겨져 있다는 게."

"남겨지다니……. 원래부터 그 마을에서 살고 있었잖아?"

"그건 당신도 마찬가지잖아요?"

노부요는 따지듯 말하기 시작했다.

"남편도 당신도 다 똑같아. 사또꼬가 금메달을 따고 다 변해버렸어. ……더는 그 마을에서 지금까지처럼 착실하게 살아가는 그런 인생을 보낼 수는 없어."

"남 탓 하지 마."

"잘도 말하네. 자기가 제일 재미 보고 있는 주제에."

"그건 그래."

야나기다는 끄덕였다.

"그 점에 있어서는 사또꼬에게 감사하고 있어."

"내친김에 나도 예뻐해 줬다 이거네요."

노부요의 목소리가 떨렸다.

"그게 아니면…… 사또꼬 대신? 그 아이는 당신 생각대로 안 돼서. 그래서 나로 참은 거예요?"

"그만해."

"싫어."

노부요는 일어서서 침대로 달려가 야나기다의 위로 덮치듯이 몸을 던졌다.

"내가 잃기 싫은 건 오직 당신이야! 부탁이야! 그런 어린애 언제까지 상대할 수 있다고 생각해? 이제 2~3년 지나면 사또꼬와 똑같이 당신을 떠날 거야. 대학에 들어가면 더 이상 당신이 어쩌지도 못한다고."

노부요는 야나기다를 강하게 껴안고 격렬하게 입술을 밀어붙였다.

노크 소리.

"룸서비스입니다."

노부요가 벌떡 몸을 일으킨다.

"……나가 봐."

"네."

노부요는 침대에서 내려왔다.

손수레를 안에 들이고 전표에 사인을 해 넘기고 나서 노부요는 크게 숨을 내쉬었다.

"이제 우리 끝인 거야?"

"그런 말 하지 않았어."

야나기다는 침대에서 몸을 일으켰다.

"어쨌든, 식기 전에 먹어. 할 말이 있으니까."

"무슨 말?"

"됐으니까. ……나도 그 차 좀 마실게."

야나기다는 의자를 하나 끌고 와서 테이블 쪽에 붙인다.

노부요는 야나기다가 기묘한 상냥함을 보여 당황했다.

평소와 다르다. 그것은 희망이기도 했고, 불안이기도 했다.

"남편이 상의를 해 왔어."

"돈? 여자?"

"아내를 죽이는 걸 도와달라고."

노부요는 눈을 동그랗게 뜨고 야나기다를 보고서 조금 있다가 웃기 시작했다.

"그 사람이? 그런 배짱 따위 있을 리가!"

"그런데 진심이었어. 그쪽은."

노부요의 눈에 두려운 빛깔이 드리웠다.

"그래서…… 뭐라고 했어?"

"생각해 본다고. 그렇게 말할 수밖에 없지 않겠어? 아무래도 옆 동네 여자한테 빠져 있는 것 같아."

노부요는 일단 다시 손을 움직여 멈추었던 식사를 얌전히 먹으며 말했다.

"어이가 없어서. 둘 다 같은 생각이네."

"헤어지면 그만이겠지만 그렇게 되면 돈이 문제가 돼."

"돈?"

"사또꼬한테 들어오는 돈 말이야. 그걸 버리는 건 바보 같은 짓이야. 그렇잖아?"

"……그래서 죽이라는 거야?

"난 사양하겠어. 그렇게까지 하고 싶지 않아."

야나기다는 고개를 저었다.

"하지만 그 사람 혼자서는 못해. 틀림없이."

"응."

야나기다는 노부요가 식사하는 모습을 잠시 바라보다 결국,

"어떻게 생각해? ……남편이랑 헤어질 거야?"

라고 말했다.

"그 작은 마을에서 이혼소송? 모두가 매우 기뻐할 거야."

"게다가 사또꼬에게도 이미지 다운이야. 정신적으로도 집중하지 못하게 될 거야."

"어떡하면 좋을까?"

"그럼. ……나 하고 합심할까?"

"합심하다니?"

"음. 그 대신, 이상한 질투는 하지 마. 당신도 도쿄에서 살면 되는 거야."

"하쯔꼬도 있어."

"이쪽 대학으로 옮기면 되지. 그렇게 하는 편이 분명 즐거울 거야."

"나는…… 상관없지만."

"나는 그쪽 수영클럽을 당분간은 보지 않으면 안 돼. 하지만

반은 이쪽에 나와 있을 수 있어. 맨션 하나 사서."

"좋네. 하지만 ……남편은 어떻게 되는 거야?"

야나기다는 노부요를 일으켜 세워 침대로 데리고 갔다.

"……없어도 상관없겠지?"

"남편? 물론이야."

"정말로 죽이자고 말할 정도야. 같이 사는 건 의미가 없어."

"끔찍해. 언제 살해될지 모른다니!"

노부요는 야나기다를 끌어안았다.

"예를 들면, 남편이 과음해서 계단을 헛디딘다. 그런 일은 흔
히 있잖아?"

야나기다가 속삭였다.

"……진심이야?"

"할까?"

"물론. 살해되는 것을 기다리고만 있다니, 그럴 수 없어."

"의견이 맞았군."

야나기다가 노부요의 가슴을 벌려 간다.

"잠깐만. ……가지러 올 거야."

노부요는 침대에서 나와 룸서비스의 손수레를 방 밖에 내놨
다. 그리고 문을 잠가 체인을 걸고 불을 껐다. 침대 옆의 조명 속
에서 노부요는 옷을 벗으면서 침대로 다가갔다.

"……어린애한테 손대도 눈감아 줄게."

그리곤 침대 위로 올라가,

"그 대신, 날 버리면 안 돼."

라고 속삭였다.

"좋은 파트너야."

야나기다는 노부요를 끌어안고, 노부요는 깊게 만족해 하는 숨을 내쉬며 야나기다의 아래가 되었다……

나를 배신했다.

나는…… 나는 어떻게 되는 거야?

쿠로끼 노조미는 그 문 앞에서 잠시 선 채로 꼼짝할 수 없었다.

사와이 노부요와 야나기다의 관계는 알고 있었다. 하지만 '이미 끝났다'고 들었다. 아니, 설령 끝나지 않았더라도……, 노조미 역시 야나기다를 그렇게까지 믿고 있었던 것은 아니다……. 모처럼 도쿄에 나와 있을 때만큼은 노조미 혼자만의 것이 되어 줘도 좋은데!

노조미는 사와이 노부요가 멋대로 따라왔다고는 생각하지 않았다. 야나기다가 노부요에게도 '같이 가자'고 권했을 거라고 생각하고 있었다.

그런…… 그런 비열한 짓을!

문 너머로 노부요의 소리가 들려서 노조미는 도망쳤다.

정신이 들자 복도에 쿠라따가 서 있었다.

"쿠라따 씨……."

"안색이 안 좋은데, 괜찮아?"

노조미는 잠시 쿠라따를 응시하고 있었다. 왜 쿠라따가 여기에 있는 건지 생각해 보지도 않았다.

"아무 데나 데려가 줘."

노조미는 말했다.

"어디에?"

쿠라따가 노조미의 어깨를 감싼다. 그 손에 들어간 힘은 확실히 노조미를 향한 욕망을 말하고 있었다. 노조미의 볼이 확 뜨거워진다.

……어떻게 돼도, 상관없어.

코치는 다른 여자와 자고 있다. 내가 다른 남자와 잔들 안 될 일이 뭐가 있겠는가?

노조미는 야나기다 이외의 남자를 모른다. 이 쿠라따라는 남자도 어제 막 만났을 뿐이다. 하지만 ……멋진 사람이다. 적어도 겉모습이나 스마트한 태도도 코치보다 훨씬 멋지다.

"어디라도."

노조미는 드라마의 히로인처럼 말했다.

"당신이 원하는 곳에 데려가 줘."

"좋고말고."

쿠라따는 미소 지으며,

"평생 잊을 수 없는 밤이 되게 해줄게."

라고 말했다.

그리고 쿠라따는 노조미를 꽉 잡은 채 엘리베이터를 향해 걷기 시작했다…….

전화가 울리고 있었다. 사또꼬는 베개에서 얼굴을 들고,

"언니……. 전화."

라고 말했지만…….

하쯔꼬는 받을 기미가 없다. 아마 파티에서 취해 있었으니 푹 자고 있을 것이다.

"미성년자는 손해야."

투덜거리면서 사또꼬는 전화기에 손을 뻗었는데, 동시에 잠옷이 말려 올라가서 배꼽이 보이는 것을 알아차리고 혼자서 민망한 표정을 짓기도 했다.

"……네."

전화를 받고 하품을 한다.

"여보세요?"

잠시, 아무 소리도 들리지 않았다.

"여보세요? ……누구세요?"

침대 옆의 디지털시계를 보니 새벽 3시가 지나 있다. 그러자 억누른 듯한 흐느낌이 들려왔다. 아주 희미하지만 틀림없이 그

것은 흐느끼는 소리였다.

"여보세요? ……누구? 당신 누구야?"

조금 큰소리로 말하자,

"사또꼬 선배님……이에요?"

라고, 속삭이는 듯한 작은 소리가 들려왔다.

"……노조미?"

"네."

"무슨 일이야? 파티 끝나고 안 보여서 언니랑 찾았었어. 지금 어디 있어?"

"밖……이에요."

"밖?"

"어딘지 잘 모르겠지만……."

"진정해. 있잖아. 어린애도 아니고 미아가 되었다 해도 올 건 없어. 그렇지?"

사또꼬도 선배로서 역시 신경이 쓰였다.

"전화 어디서 거는 거야?"

"밖의…… 공중전화예요."

"장소 몰라? 대충이라도 알면 찾으러 갈게."

"아뇨! 오지 말아요!"

노조미가 겁먹은 듯한 목소리를 냈다. 뭔가 심상치 않은 일이 있었던 것이다. ……사또꼬는 완전히 잠이 깨버렸다.

"무슨 일 있었어?"

"모르겠어요! 뭐가 어떻게 된 건지……. 하지만…… 하지만 이런 모습 보여줄 수 없어요."

"진정해! 얘, 우린 같이 수영해 온 친구잖아? 뭐든지 말해. 난 네 편이니까. 알겠어?"

"사또꼬 선배님……."

"울면 알 수가 없어. 얘, 무슨 일이 있었어?"

"저…… 쿠라따라는 사람 하고……."

"쿠라따? 그 쿠라따 씨?"

"그게…… 자 버렸어요. 코치가…… 사또꼬 선배님의 어머니하고 자는 것을 알고……. 화가 나서, 저…….."

"코치와……. 엄마와 야나기다 코치? 그래서 나갔던 거야? 그런데 쿠라따 씨랑 잤다니, 그게 언제 일이야?"

"오늘밤……."

오늘밤. ……하지만 쿠라따는 언니, 아빠와도 함께 늦게까지 어울리고 있었다.

"노조미. 그래서 무슨 일이 있었어? 못된 짓이라도 당한 거야?"

잠시 침묵이 흘렀다.

"노조미. 여보세요?"

"저…… 이제…… 이제 두 번 다시 돌아갈 수 없어요."

"뭐라고?"

"찾지 마세요. 부탁이니까."

"바보 같은 소리 하지 마!"

"신세 많이 졌습니다. ……이것저것 주제넘은 소리해서 죄송합니다."

"기다려! 이봐, 기다려. 네 부모님한테는 뭐라고 말하라는 거야?"

"누구한테 납치됐거나 살해됐다고. 그렇게라도……."

"무슨 말 하는 거야! 정신 차려!"

수화기를 잡은 사또꼬의 손에 땀이 가득했다. 동시에 이상한 느낌이 들었다. 이 장면을, 이미 어딘가에서 체험한 것 같은…….

데자뷰와 같은 감각. 하지만 어디서였을까?

"사또꼬 선배님……. 이제 가볼게요."

그때 생각이 났다. 이와 비슷한 상황을. 사야마 키요미로부터 들었다. 그 마미야 시노부가 죽기 직전, 키요미한테 걸어 왔다던 전화…….

"노조미, 기다려!"

사또꼬는 외치듯이 말했다.

17. 야회

불꽃이 밤하늘에 일곱 빛깔의 광채를 흩뿌리며 쾅쾅 하고 소리를 울려 퍼트린다. 잔디밭에 나와 있던 손님들이 일제히 박수를 친다.

"저렇게나 불꽃을 하늘로 쏘아 올리다니, 정말 대단하군."

야나기다가 하늘을 올려다보며 감탄하고 있다.

"코치."

사또꼬다.

"노조미, 뭔가 연락은요?"

"아니, 아무 연락 없어."

야나기다는 어깨를 움츠리며 말했다.

"나쁜 녀석들에게 걸려들지 않으면 좋겠는데."

"경찰에 알리는 게 좋겠어요."

"알고 있어. 너는 신경 쓰지 않아도 돼. 손님 상대나 잘해."

사또꼬는, 야나기다가 아는 사람 누군가를 찾은 듯,

"아, 사장님 그때는 감사했습니다."

라며 인사하러 가는 것을 씁쓸한 마음으로 지켜보고 있었다.

하쯔꼬가 다가온다.

"왜 그래?"

"아니, 아무것도. ……아버지는?"

"저쪽에서 한잔 하고 있어."

아버지도 남에게 얻어먹는 데에 완전히 익숙해져 버렸다. 그렇게 되면 사람은 멈추지 못하고 거기에 빠져 버린다.

사또꼬는 그렇게 된 사람을 몇 명이나 봐 왔다.

"언니, 나……."

라고 막 말을 걸었을 때, 쿠라따가 빠르게 다가왔다.

"안녕, 사또꼬."

"안녕하세요……."

사또꼬는 가볍게 인사했다.

"실은 사또꼬에게 부탁이 좀 있어."

"무슨 일이죠?"

"사모님이 직접 말씀하고 싶다고 하시는데, 괜찮아?"

"아니……."

"잠깐만 같이 가줘."

팔을 잡혀서 사또꼬는 어쩔 수 없이 따라갔다.

……야스나가 마사또시의 13세를 축하하는 파티. 시작했을 때 이미 밤 10시를 지나고 있었으니까 지금은 틀림없이 11시를 넘었을 것이다.

사또꼬는 파티장의 많은 손님 사이를 지나가면서 그 사야마 키요미의 모습을 찾고 있었다.

〈Y재단〉과의 관계로 왔을 것 같은 기업 간부 같은 중년 이상의 남자들이 많다. 그리고 그 남자들에 섞여 귀여운 드레스 차림의 열예닐곱 살의 소녀들이 즐거운 듯이 먹고 마시고 하고 있다. 남자는 몇 살이 되어도 '소녀'라는 것에 약한 것 같다.

그 속에 사야마 키요미도 있을 텐데, 정원은 조명이 있다고 해도 다소 어두컴컴해 분간할 수 없었다.

사또꼬는 저택 안에 들어가 복도를 지나 녹색의 관엽식물이 무성한 넓은 공간으로 들어갔다. 희미하게 달빛이 비치고 있는 것처럼 보이는 것은 계산된 조명 덕분인 것 같았다.

"……어서 와요."

식물들 사이에서 야스나가 테루꼬가 긴 드레스의 옷자락을 끌듯이 하며 나타났다.

"안녕하세요. ……마사또시의 생일 축하드립니다."

사또꼬가 말했다.

"고마워요! 정말로 고마워요."

테루꼬는 사또꼬의 양손을 꼭 잡았다.

"사또꼬 씨 덕분이에요. 사또꼬 씨가 그 아이를 구해주지 않았
다면⋯⋯."

"아니요. 그런데 마사또시는 어디에 있어요?"

파티의 주역이 아직 등장하지 않은 것이다.

"곧 올 거예요. 사또꼬 씨와도 만나고 싶어 해요. 많이 기대하
고 있으니까요."

테루꼬는 미소를 지으며 말했다.

"사또꼬 씨. 꼭 부탁하고 싶은 게 있어요."

"뭐죠?"

"오늘의 축하라 생각하고⋯⋯. 뻔뻔한 부탁이라고 화내지 않
았으면 하는데⋯⋯ 수영하는 걸 한번 보여주면 안 될까요?"

사또꼬는 깜짝 놀라 아무 말도 하지 않았다.

"⋯⋯아무래도 싫다고 하면 억지로 해달라고는 안 하겠지만."

"금메달리스트의 수영입니다. 모두 기뻐할 거예요."

쿠라따가 말했다.

"하지만⋯⋯ 어디서 수영을 하는데요?"

사또꼬가 즉석에서 거절하지 않아서 테루꼬는 안도한 것 같다.

"이쪽으로 와요. ⋯⋯사또꼬 씨에게 어울린다고는 말할 수 없
겠지만⋯⋯. 혹 맘에 들어해 주시면."

복도의 더욱 안쪽으로 데려가 테루꼬가 큰 문을 열며 말했다.

"자, 이리로."

안으로 한 걸음 내딛고서 사또꼬는 선 채 꼼짝할 수 없었다.

……수영장이다.

청백색의 조명이 비춰진 본격적인 수영장. 수영 경기를 할 수 있을 정도의 크기는 아니지만 25미터 이상의 크기이다. 그 호텔의 수영장보다 훨씬 크다. 가득히 넘치도록 물을 채운 그 모습은 넋을 잃을 정도로 아름다웠다.

"굉장해요…… 이거 댁의……?"

"네. 사또꼬 씨가 수영하는 모습을 꼭 보고 싶어서요. 서둘러 새로 고쳐 오픈한 거예요. 겨우 시간에 맞췄어요."

주위를 높은 초목이 둘러싸고 있어서 정원에 있어도 알아채지 못한 것이다.

"어때요? 손님들 앞에서 한번 수영해 주지 않겠어요?"

사또꼬는 그 물에 마음이 끌리는 것을 느꼈다. 이대로라도 뛰어들고 싶다.

"하지만…… 수영복이 없어요."

"준비해 뒀어요."

샤워 룸의 문을 열자 화려한 무늬의 수영복이 열 벌이나 걸려 있었다.

"마음에 드는 걸 골라요."

사또꼬는 크게 숨을 쉬었다.

"……알겠습니다."

"해주는 거예요? 고마워요!"

테루꼬가 손뼉을 치며 기뻐한다.

"단, ……언니와 함께요. 괜찮아요? 혼자서는 수영하기 좀 그래서요."

"네. 그럼 바로 부르죠."

"제가."

쿠라따가 급한 걸음으로 되돌아갔다.

"……사또꼬 씨."

테루꼬가 말했다.

"마사또시가 왔어요."

돌아보자 수영장 사이드에 하얀 턱시도의 소년이 서 있었다.

"마사또시, 어서 오렴."

테루꼬가 손짓해 부른다.

"……와줘서 고마워요."

"아니……. 생일, 축하해."

사또꼬는 반쯤 어안이 벙벙해져 있었다. 그 소년은 분명히 마사또시였지만 바로 며칠 전의 그 연약한 소년과는 다른 사람 같았다. 얼굴 생김새도 남자다워지고 몸도 다부져 늠름하게까지 느껴진다. 열세 살? 충분히 열여섯, 일곱 살로 보인다.

"어때? 많이 건강해졌죠?"

테루꼬가 자랑스럽게 말했다.

"본래 이게 마사또시예요. 한때 몸이 약해져 있던 것뿐이야."

"예에……."

"어때? 이러면 사또꼬 씨가 신부가 되어 줄지도."

테루꼬가 웃자 사또꼬는 그만 얼굴이 붉어져 눈을 아래로 내리고 말았다. 곧바로 쿠라따가 하쯔꼬를 데리고 돌아왔다.

"흔쾌히 승낙해 주셨습니다."

"정말 잘됐네요! 그럼 바로 수영복으로 갈아입어 줘요. 그 사이에 수영장 사이드에 손님 분들을 불러 둘게요."

사또꼬는 수영복 중에서 마음에 드는 무늬를 골라 들고,

"언니, 어느 걸로 할래?"

하고 물었다.

"나는…… 이거."

큰 꽃이 그려진 한 벌.

"에! 취향, 바뀌었네."

라고 웃으며 사또꼬는 나누어진 탈의실의 한쪽으로 들어갔다.

오랫동안 수영클럽에서 수영하고 있다 보면 갈아입는 순서도 시간도 똑같아진다. 사또꼬는 수영복을 입고 나와 언니가 없다는 것에 잠시 묘한 기분이 들었다. 평상시라면 언니 쪽이 빨리 갈아입는다.

조금 기다리자 드디어 하쯔꼬가 나타났다.

"왜 이렇게 늦어."

하고 사또꼬가 말했다.

"사또꼬."

"응?"

"진짜로 한다. 내가 이길 거야."

"언니⋯⋯."

"너 요즘 연습 안 했잖아. 지지 않을 거야."

하쯔꼬가 이렇게 말하는 것을 사또꼬는 처음으로 들은 것 같았다.

"그럼 나도 진지하게 할게."

"열심히 하자."

"응."

둘은 잠시 탈의실 앞에서 손발을 풀었다. 그리고 둘이 수영장 쪽으로 나가자⋯⋯.

박수가 터져 나왔다.

깜짝 놀랐다. 수영장의 양 사이드를 파티의 손님이 메우고 있다. 상대를 하고 있는 소녀들도 수영장 사이드의 콘크리트나 그 바깥쪽 잔디에 앉아 있다.

"⋯⋯여러분."

테루꼬가 조용히 앞으로 나가 말했다.

"오늘 아들 마사또시를 위해 모여 주셔서 감사드립니다. 훌륭

한 손님 ……금메달리스트이신 사와이 사또꼬 씨께서 그 수영을 보여 주시겠습니다."

성대한 박수가 터졌다. ……어지간히 알코올이 들어간 탓도 있을 것이다.

"같이 수영해 주시는 분은 언니이신 사와이 하쯔꼬 씨입니다."

둘이 앞으로 나오자 한층 더 큰 박수 소리가 둘을 에워쌌다.

"……요즘 좀 연습이 부족합니다만."

사또꼬가 말했다.

"이 수영장을 두 번 왕복해서 어느 쪽이 빠른지 겨뤄 보겠습니다."

둘은 얼굴을 마주보았다.

"가자."

하쯔꼬가 말했다.

"누가 스타트 신호를."

"내가 하지!"

턱시도 차림의 노인이 나와서,

"이 접시를 던져 깨지. 그게 신호야."

라고 말했다.

"부탁드립니다."

사또꼬가 말했다.

둘은 일단 물에 들어가 가볍게 몸을 풀고 올라와 스타트 지점에 섰다. 수영장 가장자리에 발가락을 걸고 머리를 숙인다.

"준비!"

그 노인이 소리를 높였다. 아주 좋은 타이밍으로 접시가 깨지는 소리가 났다. 둘은 똑바로 물에 꽂히듯이 뛰어들었다.

사또꼬는 8할 정도의 힘으로 물을 헤쳤다. 둘이서만 수영을 하고 있어 파도가 없고 수영하기 좋다. 숨을 이어가면서 언니의 위치를 본다. 딱 붙어 나란히 역영하고 있다.

질까 보냐!

사또꼬는 순식간에 반대쪽에 도달해 턴을 했다. 조금 피치를 올린다. 몸이 무겁다. ……언니가 말한 대로 연습 부족이겠지. 하지만 언니와는 연습량이 다르다.

사또꼬는 출발했던 지점에 가까워져 언니를 힐끔 보고 놀랐다. 언니가 머리 하나 앞으로 나가 있다.

설마!

턴은 하쯔꼬 쪽이 빨랐다. 와 하는 환성과 성원이 터져 나온다. 사또꼬는 페이스를 단숨에 올렸다. 거의 전력이다. 기껏 남은 거리는 50미터 남짓.

이걸로 충분할 것이다.

순식간에 수영장을 가로질렀다. 턴 직전, 사또꼬는 언니가 아직 딱 붙어 나란히 있는 것을 보고 초조해졌다. 그럴 리가! 옛날이라면 몰라도 지금은 전혀 힘이 다를 것이다. 하지만 실제로 하쯔꼬는 조금씩 조금씩 사또꼬를 앞질러 앞으로 나아간다.

더 이상 거리가 없다!

사또꼬는 필사적이 됐다. 팔이 물을 스크루처럼 헤치고 다리가 강철처럼 물을 찬다. 힘찬 수영에 사또꼬의 몸이 쑥쑥 앞으로 나아가 하쯔꼬를 앞질러 그대로 몸 반 정도의 차로 먼저 도착했다.

해냈다!

하지만…… 이렇게…….

와 하고 박수가 일고 사람들이 수영장 쪽으로 밀려들었다.

"하쯔꼬 씨 대단해!"

테루꼬가 손뼉을 친다.

"……어때?"

하쯔꼬가 사또꼬를 보고 말했다.

"아주 혼났어."

사또꼬는 힘들어서 물에서 바로 올라올 마음이 안 들었다.

"……마사또시가."

테루꼬가 말했다.

돌아보니 수영장 건너편에 마사또시가 수영 팬티를 입고 서 있었다. 저것은…… 열세 살 소년이 아니다. 몸에도 근육이 붙어서 마치 스포츠 선수와 같다. 마사또시가 물보라를 일으키며 뛰어들어 힘차게 헤엄쳐 온다.

"사또꼬 씨, 맞이하러 가줘요."

테루꼬가 그렇게 말해 사또꼬도 헤엄치기 시작했다. 수영장 한가운데에서 둘은 만났다.

"사또꼬 씨."

"당신…… 누구?"

사또꼬는 가볍게 헤엄치면서 말했다.

"당신을 행복하게 해줄게요."

마사또시가 손을 뻗어 사또꼬의 손을 잡는다. 망설이는 사또 꼬를 끌어당겨 물 안에서 둘의 몸이 닿았다. 사또꼬는 부둥켜 안 겨 입술을 빼앗겼다. ……강인한 팔의 힘. 그것은 사또꼬가 뿌리 치지 못할 정도였다.

"화이팅!"

환성이 일고 박수가 터졌다.

"헤엄치자!"

라는 여자아이의 목소리가 들렸다.

"어이!"

드레스와 턱시도를 입은 남녀가 그대로 수영장에 뛰어들었다. 와 하고 웃음이 일어난다.

"나도!"

다른 여자아이가 갑자기 드레스를 벗어 던지고 속옷 차림으로 수영장으로 뛰어든다.

"들어가자! 다 함께 헤엄치자!"

순식간에 수영장 주위는 매우 소란스러워졌다. 드레스나 턱시도가 공중에 흩날려 결국에는 전라가 된 여자아이가 환성을 지르며 뛰어든다. 수영장 안은 매우 소란스러워졌다.

"……사와이 씨."

야나기다가 불렀다.

"헤엄치시겠습니까?"

"내가?"

"이제 무리겠죠? 옛날에는 꽤 수영을 잘하셨던 모양입니다만."

"지금도 할 수 있어!"

사와이는 잔을 던져 버리고,

"보고 있어!"

라고 말하자마자 수영장 모퉁이 부근에서 다리부터 뛰어들었다.

"……사와이 씨. 안 됩니다. 위험해요. 취했는데."

야나기다는 수영장 사이드에 무릎을 꿇고 사와이의 모습을 보고 있었다.

사와이는 일단 떠올랐지만,

"살려줘……."

라고 말하는 것이 고작이었다.

눈을 크게 뜨고 가슴을 쥐어뜯듯이 하며…… 그대로 다시 가라앉아 더 이상 떠오르지 않는다.

간단하군. ……야나기다는 살짝 웃었다. 힘들이지 않고 쉽게 죽어 주셨구만.

수영장 안에서는 모두 옷을 벗어 던지고 크게 소란을 피우고 있다. 아무도 이런 구석의 사고 같은 건 신경 쓰지 않는다.

"원망하지 마라."

라고 말한 후 야나기다는 일어서려 했다.

그때 갑자기 발목을 잡혀 물속으로 끌려 들어간다. 야나기다는 물을 마시면서도 물속에서 어떻게든 자세를 바로 잡았다. 그리고…… 믿을 수 없는 광경을 봤다.

사와이가 싱글싱글 웃고 있다. 물 안이다. 게다가 코에서도 입에서도 거품 하나 나오고 있지 않다!

이런 말도 안 되는! 이건 꿈인가?

야나기다는 숨쉬기가 힘들어 물 위로 떠오르려고 했다. 거기에 사와이가 달라붙는다.

그만 둬! 뭐하는 거야!

야나기다는 물속에서 사와이가 웃는 소리를 들었다.

야나기다의 목에 사와이의 손이 걸린다.

……괴로워, 그만해!

살려줘! 누군가…….

야나기다의 폐를 수영장 물이 채워 갔다.

"……어떻게 된 거야?"

수영장 중앙에서 사또꼬가 말했다.

여기저기에서 비명소리가 오른다. 보고 있는 사이에 잇따라 사람들의 머리가 물속으로 사라졌다.

"무슨 일이 있는 거야!"

"기다려."

마사또시가 사또꼬의 팔을 잡는다.

"너는……."

"알고 있을 텐데. 내가 어떻게 성장했는지."

마사또시는 말했다.

"나에게는 양분이 필요해. 양분을 빨아들이고 있는 거지."

사또꼬는 마사또시의 손을 뿌리치고 물속으로 잠수했다. 마사또시가 크게 웃는 소리가 수영장 안에 울린다.

믿을 수 없는 광경이었다. ……수영장 바닥을 무언가 긴 뱀과 같은 것이 몇 줄기나 기어 돌아다니며 계속해서 사람들의 발목에 감겨 붙어 있었다. 이것은…… 담쟁이덩굴이다! 잎을 단 길고 두꺼운 담쟁이덩굴이 무수히 수영장 바닥을 기어 다니며 먹이를 찾고 있는 것이었다. 괴로운 듯이 허덕이는 소녀들의 목으로 담쟁이덩굴이 뻗어 유연하게 휘감아 간다. 여기저기서 담쟁이덩굴이 여러 명의 소녀를 붙잡고 있었다.

이건……뭐야?

그때 누군가 사또꼬의 손을 잡았다. 하쯔꼬다.

언니…….

하쯔꼬는 소녀 한 명을 향해 헤엄쳐 가 소녀의 목에 감겨 있던 담쟁이덩굴을 떼어내려고 했다. 그러자 재빨리 풀린 담쟁이덩굴은 하쯔꼬의 몸을 휘감았다.

언니!

오지 마! 오면 안 돼!

하쯔꼬가 격하게 고개를 저었다. 사또꼬는 언니를 구하려고 하다간 자신도 당한다고 생각했다. 수영장 바닥에 잇따라 새로운 담쟁이덩굴이 기어 와서 이제 소녀들뿐만 아니라 남자들의 발목도 휘감아 물속으로 끌어당기고 있었다.

누군가……. 누군가 살려줘!

어떻게 좀 해줘!

사또꼬는 담쟁이덩굴이 언니의 목을 꽁꽁 휘감아 가는 것을 보고만 있을 수는 없었다. 물을 차고 하쯔꼬를 향해 헤엄쳐 간다. 그러자 ……어떤 여자아이가 아래에서 떠오르는 듯이 하쯔꼬의 몸에 달라붙어 담쟁이덩굴을 벗겨냈다.

저건…… 저 제복은…….

하쯔꼬의 몸이 둥실 떠올랐다.

"뿌리를 잘라!"

마미야 시노부가 말했다.

뿌리를…….

"저택 안의 식물에서 뻗어 나온 거야! 그걸 죽여!"

저택 안의 식물! 그 일광욕실을 메우고 있는 식물 말인가!

사또꼬는 축 늘어져 있는 하쯔꼬를 안아 들고 필사적으로 수면으로 얼굴을 내밀었다.

"언니! 숨 쉬어 봐!"

하쯔꼬가 격하게 기침을 했다.

"사또꼬……."

"헤엄칠 수 있어?"

"그럭저럭……."

"수영장에서 나가자!"

사또꼬는 수영장 가로 필사적으로 헤엄쳤다.

물에서 올라와 하쯔꼬를 두고 저택 안으로 달려간다. 눈앞에 누군가 쓰러져 있었다. ……쿠라따다. 머리가 깨져 죽어 있다는 것은 알 수 있었다.

"……이제 필요 없어져서 말이야."

뒤에서 소리가 들려왔다.

마사또시가 서 있다. ……그러자 그 얼굴은 갑자기 일그러져 쿠라따의 얼굴이 되었다.

"모두를 살려줘!"

마사또시의 얼굴로 다시 돌아와 그것은 웃고,

"지금이라면 아직 안 늦었어. 내 신부가 되어 준다면 말이야."

라고 말한다. 사또꼬는 뒷걸음질쳤다.

"어떻게 할래?"

"오지 마!"

"그럼 괜찮은 거지? 모두가 양분을 빨려 말라 비틀어져도."

사또꼬는 돌아봤다. 테루꼬가 평소와 같이 미소를 띠우고 서 있다.

"너는 마사또시와 맺어질 운명인 거야."

테루꼬는 말했다.

"자……."

마사또시가 손을 내밀어 온다. 사또꼬는 오싹했다. 젖은 몸이 얼어붙는 듯하다.

그때 테루꼬가 기묘한 소리를 질렀다. 그리고 괴로워 몸부림치듯 하더니 그 얼굴이 변해서 '노부꼬'라는 여자가 되고 그러고 나서 온몸이 비틀려 갔다.

"젠장! 어떻게 된 거야!"

마사또시가 외쳤다.

연기가 자욱해졌다. ……사또꼬는 일광욕실로 달려갔다. 불길이 일광욕실 여기저기에서 치솟아 오르고 있다.

"서둘러!"

사또꼬는 외쳤다.

"모두 죽겠어!"

에가미 유까리와 키요미 둘이서 일광욕실의 식물에 기름을 뿌리며 불을 붙이고 있었다. 순식간에 잎이 사그라져 간다. 코를 찌르는 이상한 냄새가 일광욕실을 가득 채웠다.

"수영장은?"

키요미가 묻는다.

"보고 올게!"

사또꼬는 달려 돌아갔다.

……마사또시가 검게 타 비틀거리며 수영장 쪽으로 나간다. 수영장에서 몇 명인가 기어 나와 허덕이고 있다. 마사또시가 물에 떨어지자 수영장 물에 단번에 거품이 일어났다.

"언니!"

사또꼬가 달려갔다.

하쯔꼬가 간신히 일어선다.

"방금 그건……."

"태우고 있어! 식물에 불을 붙이고 있는 거야."

"모두는?"

하쯔꼬가 수영장 가에 다가갔을 때 물 안에서 시꺼먼 손이 뻗어 와 하쯔꼬의 발목을 잡았다.

"언니!"

사또꼬가 달려들 듯이 언니 손을 잡는다. 물에 떨어진 하쯔꼬가 필사적으로 기어오르려고 했다. ……마사또시의 손이다. 하쯔꼬를 끌어들이려고 하고 있다.

"언니, 힘내!"

있는 힘껏 끌어당기자 하쯔꼬는 간신히 그 검은 손을 뿌리쳤다. 하쯔꼬를 끌어올리고 둘은 함께 쓰러졌다. 그리고 그대로 정신을 잃고 말았다.

얼어붙을 것 같은 추위에 몸을 떨며 사또꼬는 번쩍 정신이 들었다. 몸을 일으킨다. ……수영복 차림으로 쓰러져 있었다.

"사또꼬 씨……."

키요미가 다가왔다.

"나 어떻게 된 거지?"

주위를 돌아보고 아연한 표정을 지었다. 날이 새 주변은 환하게 보였다. ……하지만 그 저택은…….

그곳에 있는 것은 벌써 몇 십 년이나 방치되어 있던 다 쓰러져가는 폐허였다.

"이것이…… 그 저택?"

"네. 수영장도……."

애초에 수영장 따위 거기에는 없었다. 잡초와 수초가 무성한 큰 연못이 탁한 물로 채워져 있을 뿐이다. 연못 주위의 바닥에 많은 남녀가 쓰러져 있었다. 모두 나체나 다름없다.

……사또꼬는 언니가 보이지 않는 것을 깨달았다.

"언니는?"

서둘러서 주위를 둘러보자 멀리서 하쯔꼬가 오는 것이 보였다.

"언니!"

사또꼬는 달려가 힘껏 언니를 끌어안았다.

"잠깐! 옷이 젖잖아!"

하쯔꼬는 벌써 평상복으로 갈아입고 있었다.

"혼자서 갈아입고! 치사해!"

사또꼬는 입을 삐죽 내밀었다.

하쯔꼬는 웃으며 말했다.

"모두가 입을 옷을 준비하려니 힘드네. 그렇다고 이대로 놔둘 수도 없고 말이야."

"제가 여자아이들 건 어떻게든 할게요."

키요미가 말했다.

"위험에 처하게도 했고."

"지금 그 사람이 가지고 와줄 거야."

하쯔꼬는 손을 흔들었다. ……에가미 유까리가 서둘러 이쪽으로 온다.

"우선 입을 것을 차에 실을 수 있는 만큼 실어 왔어."

유까리가 말했다.

"키요미 씨들 덕분에 산 거네?"

사또꼬가 말했다.

"조금 더 늦었더라면……."

"시노부가 알려준 거야."

키요미가 말했다.

"나도 수영장 안에서 들었어."

"늦지 않아서 다행이야. ……에가미 씨가 있어 줬고."

키요미는 유까리의 손을 잡았다.

"상대가 인간이 아니라면 마지막엔 집 통째로 불을 붙일 수밖에 없다고 생각해서 에가미 씨한테 부탁해 기름을 준비해 뒀어."

"그 일광욕실이 파티의 중심이 되어 있었기 때문에, 거기서 식물이 덩굴을 뻗어 가는 것을 숨어서 보고 있었던 거야."

유까리는 말하면서 몸을 떨었다.

"다시 생각해도 오싹해."

"어쨌든 모두 살았어?"

라며 사또꼬가 물었다.

"아니……. 몇 명인가는 아마 연못 밑에 있을 거야."

하쯔꼬가 말했다.

"그럼……."

"아버지와 야나기다 코치가 없어."

하쯔꼬의 말에 사또꼬는 자신도 모르게 숨을 삼켰다.

"몇 명 정도 죽었을까?"

하쯔꼬는 어두운 얼굴로 말했다.

그때,

"선배! 사또꼬 선배님!"

하며 밝은 목소리가 날아왔다.

"노조미!"

사또꼬는 쿠로끼 노조미가 원래대로의 건강한 모습으로 달려오는 것을 보고 펄쩍 뛰어올랐다. 사또꼬가 달려가 노조미를 끌어안았다.

"죽지 않아서 다행이야……."

노조미가 울면서 사또꼬에게 안겼다.

"빨리 갈아입히지 않으면 모처럼 살아났는데 감기 걸리는 사람이 몇 명 나올 것 같아."

하쯔꼬가 말했다.

"같이 옷을 옮겨요."

유까리가 말했다.

몇 명인가가 의식을 되찾기 시작한 듯 일어나기 시작했다. 하쯔꼬 일행은 사또꼬를 재촉해서 빠르게 걷기 시작했다.

18. 에필로그

수영장의 물이 천천히 파도치고 있다. 사또꼬는 타월을 비치 의자에 걸치고 조용히 물에 들어갔다. 호텔 수영장은 지금 막 체크아웃과 체크인이 이루어지는 시간인 탓인지, 아무도 수영을 하고 있지 않았다. 사또꼬는 천천히 수영장을 왕복했다.

오전 중 아버지와 야나기다 코치의 고별식이 있었고 그 이후 엄마와 언니, 자신 이렇게 셋이 오늘밤에는 집에 돌아가기로 되어 있었다. 그 잠깐의 틈에,

"수영하고 올게."

라고 말하고 여기에 온 것이다.

"수영할 기분이 들다니!"

하쯔꼬는 어이가 없었지만 사또꼬에게는 이렇게 수영하는 것이 아버지와 코치의 명복을 비는 일이었다.

도대체 무슨 일이 일어난 것일까. 아무도 진상은 모른다.

아버지와 야나기다 이외에 다른 두 사람의 시신이 떠올랐다. 모두 고령으로 심장발작 등이 사인이었다. 젊은 여자아이들은 다행히도 모두 무사했다.

수영계 관계자의 야외 파티에서 너무 흥에 겨운 나머지 참석자들이 연못에 차례차례로 뛰어 들어간 사고.

이것이 대다수 언론의 견해였다. 세간의 비판이 쏟아져 현 간부가 사임하게 된 것 같다. 사또꼬로서는 동정할 마음도 들지 않는다.

사또꼬는 일단 수영장의 모서리를 잡고 머리를 들었다. 비치 의자에 마미야 시노부가 앉아 있었다.

"……이제 돌아가시는 거군요."

시노부는 말했다.

"응. ……고마워."

"아니요. 감사 인사를 해야 할 사람은 저예요."

시노부가 쑥스럽다는 듯이 말했다.

"……있잖아, 너는 알고 있어? 야스나가 테루꼬와 마사또시 말이야, 실제로 존재하고 있었던 걸까?"

"네. 하지만 살해당해서, 식물이 그 모습을 빌리고 있었던 거예요."

"내가 구해준 것은?"

"양분을 섭취하지 못해 약해져서 여자아이를 덮치려다가 반대로 강에 빠져 버린 거예요."

"그때, 내버려 두었으면 좋았을 것을."

"하지만 어쩔 수 없어요. 좋은 일이라고 생각하고 한 일인 걸요."

"응…… 마사또시는 쿠라따의 모습이 되어 너와 타니다 유까를 희생시켰던 거지."

"충분히 힘이 생기자 더 이상 필요가 없어져서 쿠라따는 죽임을 당한 거예요."

쿠라따와 마사또시가 동시에 '쿠라따'로서 행동하던 적이 있어 기묘한 사건도 일어난 것이다.

"너도…… 살았더라면 좋았을 텐데."

사또꼬가 말하자, 시노부는 쓸쓸한 듯이 미소 지었다.

"하지만 키요미와 친구들을 지킬 수 있었으니까……. 그걸로 만족해요. 내년 올림픽, 힘내세요."

"고마워. 하지만…… 이제 내 절정기는 끝났어."

"인생의 절정은 한 번뿐이 아니에요. 수영이 끝나도, 대학 생활이나 사랑이나 결혼이 있고, 몇 번이고 몇 번이고 절정기가 올 거예요."

사또꼬는 고개를 끄덕였다.

"그렇지. ……그래 맞아."

사또꼬는 자신이 너무도 서두른 듯한 기분이 들었다. 아직 겨우 18년밖에 살지 않았는데…….

"나, 이제 즐겁게 수영할 수 있게 되었어."

라고 사또꼬가 말하는 순간 이미 시노부의 모습은 없었다.

다시 한 번 물을 가르며 헤엄친다. 물은 부드럽게 사또꼬에게 다가와 있다.

그 기묘한 식물은 무엇이었을까?

생각해 보면 야나기다도 아버지도 '사또꼬'로부터 양분을 빨아들이며 살아가고 있었다. 사람의 마음속에도 그 식물은 뿌리를 내리고 있는 것인지도 모른다.

나는 필요 없어.

나는 내 힘으로 수영을 하고 그래서 설령 진다 해도 상관없어.

사또꼬는 그렇게 생각했다.

"사또꼬, 이제 그만 나오지?"

하쯔꼬가 수영장 사이드에서 불렀다.

"응."

사또꼬는 언니 쪽으로 헤엄쳐 갔다.

"어때, 상태는?"

"그저 그래."

사또꼬는 말했다.

"언니, 다시 수영하지 그래?"

"나? ……그러게."

하쯔꼬는 손을 내밀었다.

"이번에는 너한테 이길지도 몰라."

사또꼬는 살짝 웃으며 손을 뻗어 언니의 손을 꽉 잡았다.

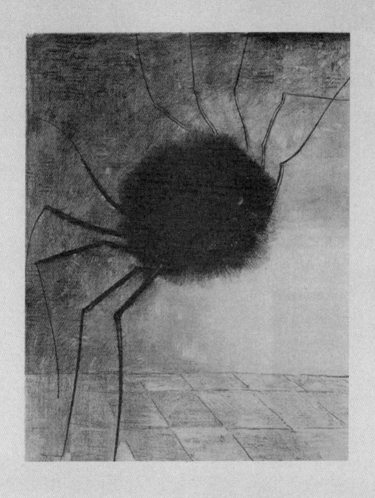

책 읽기가 싫어도 외국어를 공부하고 더욱이 이를 전공으로 하다 보면 해당 국가의 책들을 많이 접하게 된다. 어느 나라의 소설가라도 대동소이 하겠지만 특히 일본 소설들을 읽으면서 이처럼 재미있는 이야기를 만들어 내는 소설가들이란 참으로 기발한 사람들이구나 하고 감탄했다.

복잡한 일상에서 벗어나 가볍게 휴식을 취하면서 무심결에 잡은 책 중의 하나가 이 '야회' 였다. 가볍게 읽었지만 참 재미있어 나중에 번역하리라 생각했던 것이 벌써 십수 년이나 흘렀다. 참신하던 것도 시간이 지나면 그 새로움이나 재미가 반감되는 법이지만, 지금도 읽을 만한 내용이라 생각하여 여러 가지 번거로움을 무릅쓰고 출간하게 되었다. 현대인들은 책을 잘 읽지 않는다고들 하지만 이 '야회' 는 부담 없이 편하게 읽을 수 있는 책이다.

외국어 번역을 할 때에는 항상 표기하는 것이 난제인데 다행히 고유명사 이외에는 특별한 문제가 없어 원음에 가깝게 한국

어로 옮겼음을 밝힌다.

　이 책은 대학원 박사과정에 재학 중인 신인영 씨와 머리를 맞
대고 좋은 내용이 되도록 힘을 모아 출간하였다.

　앞으로도 다양한 내용의 책들을 소개할 수 있었으면 하고 기
대해 본다.

2011년 9월

역자 모세종

야회

초판 1쇄 발행일 2011년 10월 16일

지은이 아카가와 지로
옮긴이 모세종·신인영
펴낸이 박영희
편　집 이은혜·김미선·신지항
책임편집 김혜정
인쇄·제본 AP프린팅
펴낸곳 도서출판 어문학사
　　　　132-891 서울특별시 도봉구 쌍문동 525-13
　　　　전화: 02-998-0094/편집부: 02-998-2267
　　　　홈페이지: www.amhbook.com
　　　　트위터: @with_amhbook
　　　　블로그: 네이버 http://blog.naver.com/amhbook
　　　　　　　　다음 http://blog.daum.net/amhbook
　　　　e-mail: am@amhbook.com
　　　　등록: 2004년 4월 6일 제7-276호

ISBN　978-89-6184-130-6　03830
정가　13,000원

이 도서의 국립중앙도서관 출판시도서목록(CIP)은 e-CIP홈페이지(http://www.nl.go.kr/ecip)와
국가자료공동목록시스템(http://www.nl.go.kr/kolisnet)에서 이용하실 수 있습니다.
(CIP제어번호: CIP2011004174)

※『This book was published with support of INHA UNIVERSITY Research Grant.』
※잘못 만들어진 책은 교환해 드립니다.